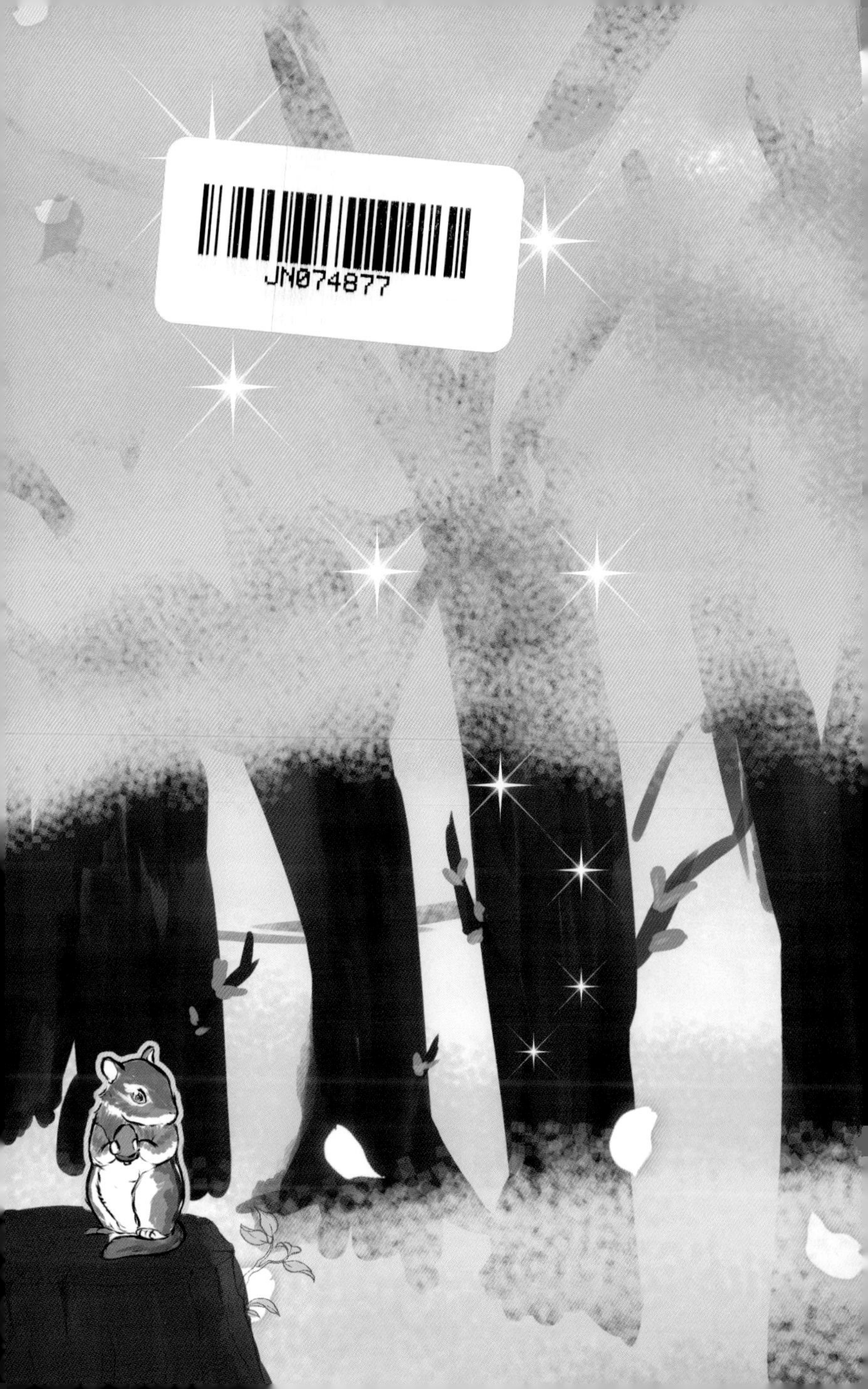

織田信長
濃姫
お市

豊臣秀吉
ねね
徳川家康
明智光秀

下巻

縄文を創った男たち

～信長、秀吉、そして家康～

作・さくやみなみ
イラスト・みづ

目次

私はさくや、私は今アリウス星雲からあなたに話しかけています。
聞こえているかしら？
こうして信長君は表舞台から姿を消したの。なぜ？って思う？
それは、次に渡すため。
信長君は、秀吉君と家康君に夢のバトンを渡したの。
今までみたいにならないように・・
本当に人々が笑って暮らせる世の中を創るために・・・・

「敵は本能寺《ほんのうじ》にあり！火を放て！」という外の声と、屋根や壁に火の矢が当たる音を聞き、信長が
「始まったぞ、みんな逃げろ」と指示を出す。本能寺の中にいた濃姫《のうひめ》、側近の小姓《こしょう》や侍女《じじょ》達が外に逃げ出す。
「よくやった、光秀。家康殿、秀吉、後は頼んだ」とつぶやき信長は、一人最後まで残り本能寺に火が回るのを確認した後、あらかじめ用意していた抜け道を通って外に逃げる。

本能寺が火に包まれ、矢を放つ手を止める光秀軍であったが、皆に少しずつ疑問がわいてくる。誰も本能寺から出てこないのだ。火を放てば敵が出て来て戦《いくさ》になると思っていた侍達は誰も出てこず、ただ焼け落ちて行く本能寺に
「なぜだ?」とつぶやきはじめる。
「光秀さま、本能寺の敵とは、どこの誰でございますか?」
と聞く家臣に光秀は
「信長だ」と答える。ハッとする家臣達。
「信長さまを討《う》ったのでございますか?」
「そうだ」
「それは謀反《むほん》を起こされたということでございましょうか?」
「そうだ」との答えに
「殿が謀反を起こされた」「謀反だ」「信長さまを討たれた」など混乱する家臣達に光秀は
「信長を討った、謀反を起こした」と気が抜けたように答える。燃え落ち

て静かになった本能寺と打って変わって、勝ったはずの光秀軍が蜂《はち》の巣をつついたような騒ぎになっていた。我に返った家臣の一人が

「謀反を起こされたならば信長さまのご遺体もしくは御首《みしるし》を持ち帰らなければ・・信長さまを討ったということを天下に示すため証拠が必要になります」という進言《しんげん》に

「無駄だ、もう本能寺とともに焼け落ち、身体も首も残ってはおらん」

と答える。そして、

「さぁ、すぐに追手《おって》が来る、ここを立ち去るぞ」と家臣達に命じる。訳が分からないまま光秀の命令のもと本能寺を後にする光秀軍。

中国地方に遠征《えんせい》していた秀吉の耳に光秀が謀反を起こしたとの一報が入る。

「光秀殿、お疲れさまにございます」と一言小さくつぶやいた秀吉は

「信長さまの敵討《かたきう》ちじゃ、明智光秀を討つ！」

と叫び秀吉軍は京へと引き返したのである。

第一章

信長の計画

本能寺の変が起きる四カ月前

まだ雪が残る村の中にポツンと一軒の百姓家《ひゃくしょうや》が建っている。もう誰も住んでいない廃墟《はいきょ》と化したその家に一人の百姓が近づく。辺りを見回し何かを確認しサッと中に入る。しばらくして百姓の夫婦がやって来る。その夫婦連れもまわりを見回しスルッと中に入る。またしばらくすると手に斧《おの》を持った木こり風の男もやって来る。その男が家の中に入るとすでに男が三人、女が二人座っていた。その男女が一斉に男の顔を見て笑い出す。

「信長さま、また凝《こ》った装いで・・」

「一度木こりの格好をしてみたかったんだ、似合うか?」と手を広げくるりと回る。

「まあ、それなりに・・」と口を濁《にご》す秀吉に

「秀吉もねねさんも似合ってるぞ」と言うと

「当たり前でございます。私達は、もともと百姓ですから・・」と秀吉が笑う。

「ねねさん、みんなに着物を用意してくれてありがとう。助かったよ」

「いえ、友だちにちょっと借りて来ただけですから」と答える。

「家康殿も光秀も、それに濃姫もよく似合っている、

いっそのこと、このままみんなで百姓になるか？」と信長は冗談を言うが誰も笑わない。

「なんだ、つまらないやつらだなぁ〜」と不満げに言う信長に、家康が真面目《まじめ》な顔をして
「それはそうと、兄《あに》さま、これはいったいどういうことにございますか？」と問いかける。

「そんな深刻な顔をするな、大した話ではないのだけど、
ただ誰にも聞かれてはいけない話なので用心した。ここなら大丈夫だろう」と信長が答える。

「信長さま、この頃少し様子がいつもと違っておられましたが、そのお話でございますか？」

と濃姫が聞くと頷《うなず》き
「光秀、悪かったな。本当にごめん」と光秀に頭を下げる。

「は、」と答える光秀の顔に困惑《こんわく》の表情が浮かぶ。信長が何を考えているのか皆さっぱり分から
ず、信長をじっと見つめ次の言葉を待つ。少し沈黙が続き意を決したように信長が口を開く。

「俺はこの世から消える」

その言葉を聞き驚《おどろ》き動揺《どうよう》する五人。

「何をおっしゃっているのですか？冗談もほどほどになさいませ」とキツイ言葉で濃姫が言う。

「冗談ではない」と濃姫の顔を見てゆっくりと答える信長。

「このところずっと考えていた。天下を取った後のことを」

「天下を取られた後のことでございますか？」と秀吉が聞くと

「そうだ」と答える。

「でも、信長さまは平和な国を創ると言っておられたではございませんか？　そのために天下を取る、と」と秀吉がまた聞くと
「俺は天下を取るまで生きていられるか分からない。もし天下を取ったとしてその後どうする？　生きているうちはいいかもしれないが、死んだ後はどうなる？」

と皆の顔を一人ずつ見ながら聞く。皆は信長に何を問いかけられているのか分からない。

「お亡くなりになった後のことでございますか？」

「そうだ」

「誰が俺の後を継いで平和な国を創り続けてくれる？　天下を取ることは出来るかもしれないが、その後、国の平和を守り続けることが出来るか？　俺と同じ夢を持った人間が継いでくれなければまた今までと同じことになる」

「同じ夢を持った人間ですか？」と考え深げに家康が聞く。

「そうだ、もし俺が天下を取ったとする。その後死ぬ、そうなると俺の家の者が後を継ごうとするだろう。親戚《しんせき》、縁者《えんじゃ》などが俺の後釜《あとがま》を狙《ねら》ってまた争いを起こすことになる。家臣達もそれぞれ自分の推《お》す者を頭領《とうりょう》にするべく内部でも分かれて争うことになる。そして、ただ織田家に生まれたというだけで天下人の器《うつわ》ではないものが継いだらどうなる？

今までと何も変わらず、また侍達の権力欲のために戦が始まる。
百姓はまた身分差別で苦しむことになる」
沈黙が続く中しばらくして声を絞《しぼ》り出すように信長が
「俺は昔将軍に会いに行った。その時に決めたんだ。
世襲《せしゅう》は絶対にダメだと。絶対にしないと。器でないものが権力を持つと国が荒れ、滅《ほろ》びていく道《どう》
理《り》がよく分かった」と続ける。
「そのような先のことを今お考えにならなくても、先に天下を取ることをお考えください」
と秀吉が言うと
「今でなければいけないんだ」と答える。
「どうしてですか？どうして今でなければいけないのですか？」と濃姫が聞くと
「この先俺は年をとる。年をとると体力も気力もなくなって行く。天下を取った時にもしかしたら
そこで満足してしまうかもしれない。満足してしまったらそこで道は終わる。
次のことを考えることが出来なくなって世《よ》の常《つね》である世襲に甘んじてしまうかもしれない。
世の常に逆らう気力が残っていないかもしれない。それだけは避《さ》けたい、だからまだ体力も気力
もある今のうちに消えることにした」
「しかし、消えるとおっしゃってもどうやって？」と家康。

「信長の名前を殺す」また驚く一同。
「信長さまの名前を?·どうやって?·そして、その後のことはどうするのですか?
後のことは考えておいでなのですか?·」と濃姫が問い詰めると
「後は秀吉に頼もうと思っている」驚き口が開いたままになってる秀吉に
「秀吉、俺の夢を継いでくれないか?·」と問いかける。
「私は、そんな、ムリにございます。家康殿に、家康殿の方が・・」
と、しどろもどろになりながら答えると
「もちろん家康殿にも夢を継いでもらいたいと思っている。ただ、秀吉に表に出てもらいたい」
「どういうことでございますか?」
「俺は身分制度のない世の中を創りたい。それはみんなも知ってくれていると思う」
という信長に皆が大きく頷く。
「そのためにも百姓の出身の秀吉が天下を取るのが一番いいと思ったんだ。
家康殿は実力はあるが大名の出。家康殿が天下を取れば、やっぱり侍でなければ天下は取れない
と世間は思うだろう。でも、百姓から頭角《とうかく》を現し天下を取ったとなると世間も違う見方になる。
生まれ育った環境だけでなく、能力があれば身分に関係なく天下も取れると思えれば人々は希望《きぼう》
を持つことが出来る。そして、秀吉は人々からの信頼も厚い。人気がある。

だから秀吉が天下を取ることで皆平和な国を創るために協力してくれる。そうだろ?家康殿」
「そうですね、兄さまのお考えはよく分かりました」と家康も賛同する。
「家康殿には秀吉の補佐《ほさ》として陰から身分制度のない平和な国を一緒に創っていってもらいたい。頼めるか?」
「分かりました。私も兄さまの夢を秀吉殿と一緒に引き継いでまいります」
「秀吉はそれでいいか?やってくれるか?」との問いかけに、すぐに返事も出来ずにずいぶん考え込んでいた秀吉だったが、しばらくして意を決したように
「はい、私がお役に立てるのであれば」と静かに答える。
秀吉の隣でこれまた驚いたような顔で信長を見つめるねねに向かって
「ねねさん、あなたの力も貸してほしい。秀吉の力の元はねねさん、あなただ。そばで秀吉を支えてやってもらえるか?天下を取り、平和な国を創るということは並大抵のことではない。苦労もたくさんあると思うが一緒に歩いてやってくれるか?頼めるか?」と尋ねると
「はい、私がこの秀吉の尻を叩き、絶対に信長さまの夢を叶えさせます」という言葉を聞き
「ありがとう、よろしく頼む」と頭を下げる信長に
「もったいない、頭をお上げください」と慌《あわ》てる。
「さて濃姫、俺が消えても一緒にいてくれるか?」

「消えるって名前だけでございましょう?もちろん、本当にこの世から信長さまが消えるまで、いえ消えた後も濃は信長さまと一緒におります」と笑いかける濃姫。

濃姫の答えに信長も笑顔を返すが、すぐに真顔になり光秀に顔を向ける。

「光秀には一番過酷《かこく》な役目を頼みたい」と切り出す。

「は、」

「正月からここまで本当に申し訳なかった」

「は、」

「どういうことでございますか?」と秀吉が聞くと
「光秀には謀反を起こしてもらいたい」一同驚いて目をむく。

「何をおっしゃっているのですか?光秀が謀反など・・」と濃姫が驚きのあまり大きな声になる。

「今説明するから、そんなに怒らないで・・」と諭《さと》し
「俺は、俺の名はこの世から消える。それも出来るだけ派手《はで》に消えなければいけない」

「なぜでございます?」

「派手に消えることで、秀吉が天下を取りやすくなるからだ」

「秀吉殿が天下を取りやすくするために?」と家康が聞くと
「光秀が謀反を起こす、その光秀を秀吉が成敗《せいばい》する。そのことで世間は信長の後は秀吉が継ぐのが

順当だと思う。それには出来るだけ世間の目をこちらに向けさせなければならない・・だろ？

だから俺は派手に死ななければならないんだよ」

と自慢げな顔で話す信長。その顔を見て呆《あき》れたようにため息をつく一同。

「だから、この前から光秀殿に対してあのような態度を？」と秀吉。

「そう、本当に悪かったな光秀」

「ならば、最初からこのように信長さまのお考えを教えてくだされば」

とちょっと不満げに信長に言う家康「私も秀吉殿もずいぶん気をもみました」

「そこは敵を欺《あざむ》くにはまず味方から、だろ？」とまたしたり顔で話す信長に光秀も苦笑いをする。

「光秀、これは本当に過酷な役目になる。今まで大切にお前が紡《つむ》いできた明智光秀という名前も地に落ち、謀反者として後世《こうせい》に残るだろう。

そして、お前自身も名をなくし別の人間として生きていかなければならない。

それを重々《じゅうじゅう》分かった上での頼みだ。光秀、謀反を起こす役目、頼んでもいいか？」

「今更《いまさら》お聞きになりますか？もうすでにお始めではございませんか？」と呆れたように
秀吉は信長に言うが
「いや、そう言うな、今更だが、光秀がイヤならまだ間に合う。

今ならまだ計画を変更することが出来る。どうだ？この過酷な役目引き受けてくれるか？」

と光秀の目を覗《のぞ》き込むように問う。もうすでにある程度のことは分かって覚悟《かくご》していたかのように即座に「は、」と答える光秀。一同気の毒にという目を光秀に向ける。

「光秀、ありがとう。俺は六月に死のぅと思っている。あと四カ月だ、その四カ月で準備を整える」

「詳《くわ》しくお聞かせください」と家康。

「まず、俺が光秀に何か腹を立てていると見せる、そのために家臣一同が集まる場所で光秀に対してひどい態度を取る。これが正月での出来事だ。この時に理由は明かさない。はっきりとした理由があると光秀へ同情がいかなくなるからだ」

「同情がいかなくなるとおっしゃいますと?」と家康が聞くと

「俺がただ感情的に光秀を嫌っている、光秀には非がないのに俺が嫌になったというだけで苛《いじ》められているとする。そうすれば俺はうつけの鬼、光秀はその鬼に目をつけられ酷い目にあわされているかわいそうな家臣という図式になる。苛められても、酷い目にあわされてもけなげに信長に仕えていた光秀が我慢《がまん》の限界を超えて謀反を起こしても仕方がないと同情される」

「なぜ同情される必要が?」と秀吉が尋ねると

「謀反を起こした後、世間の同情が光秀に向かえば、光秀が討たれた後も家臣達が酷い目にあうことはなくなる。光秀が亡き後も召し抱えてくれる大名も出て来るだろう」

「なるほど、光秀殿が亡くなったというか、光秀殿の名前がなくなった後の光秀殿の家臣達のために」と納得《なっとく》する一同。

「そして、秀吉の邪魔《じゃま》をする人間も減る」

「それはまたどういうことで？」

「かわいそうな光秀を討ちに行こうと思わないだろ？いくら光秀を討てば天下に手が届くと思ってもなかなかそれは難しい。そこで秀吉が一人光秀を討つことになる。秀吉には信長の敵討ちという大義名分《たいぎめいぶん》がある。だから秀吉が動いても誰も何も言わない」

「そういうことですか・・で、その後は？」

と聞く家康に
「考えていない」と答える。呆れる一同。

「それってただ光秀を苛めて謀反を起こさせるというだけではありませんか？もっとちゃんとした計画はないのですか？」と濃姫。

「だから、今日こうして集まってもらって計画を練ろうと思ってたんだよ」

と少しふて腐《くさ》れ気味に返す信長。

「では、あと四カ月という期限は？」

「あまり長引いてはいけない。でも急ぎ過ぎても機が熟さないと思う。だから、四カ月くらいで準

「秀吉殿と私がいないところで光秀殿が兄さまを討つ状況を作らなければいけませんね。秀吉殿が
「そうだな。でもそこに秀吉や家康殿がいてはまずい」

「少しの手下を連れてどこか寺にでも逗留《とうりゅう》しているところを光秀殿が討つ」

「どこか小さな所?」

「ならば信長さまは城を出てどこか小さな所にいなければなりません」

「安土城《あづちじょう》では無理だ。手が多過ぎる。すぐに城の家臣達に光秀が討たれてしまう」

「光秀殿が信長さまを討つ場所は?」

「兄さまと姉《あね》さまは討たれると見せかけて逃げなければいけない」と家康も考え始める。

かけに行動するか?も決めなければ・・」と考え始める。

慢した光秀殿がどの時点で謀反を起こすかを決めなければ計画が出来ません。そして、何をきっ
「光秀殿が謀反を起こすために信長さまが光秀殿に理不尽な意地悪をする。そしてギリギリまで我
「そうだな」

うことですね」と秀吉が口を開く。

「まず決まっているのは、光秀殿が謀反を起こすということと、私秀吉が信長さまの後を継ぐとい
「四カ月・・その間にどう動くかですね」と家康。

備が出来ればいいと思った」

どこかに戦に行くとなると、光秀殿も一緒に行くということになります。

そうなると秀吉殿と光秀殿を分けることが出来ません。どうすれば秀吉殿と光秀殿が違う動きになるか?ですね」と家康が考えていると
「家康殿を安土城にご招待するというのではいかがでしょうか?」と濃姫が提案《ていあん》する。

「家康殿を招待する?」

「そうです。織田家にとって徳川家康殿はとてもとても大切なお方、ご招待にもそれは力が入ります。そこで秀吉殿と光秀殿お二人が接待《せったい》役としてご招待の準備をします」

「でも、それでは両方とも城から出られないのでは?」

「秀吉殿がどこかに遠征なされればどうですか?緊急の案件が出来て秀吉殿は軍を率いて遠征に出かける。でも、私の接待がありますのでお二人とも出かけるわけには行かない。

そこで光秀殿が接待役として残る・・というのでは?」と家康が言えば
「接待役か・・濃姫いい考えだな。そして、またそこで俺が接待役がなっていないと光秀を苛めることが出来る」

と口元をほころばせながらキラッと目を輝かす。

「信長さま、お芝居でございますよ、分かっておいでですよね」と濃姫が笑って信長に言うと
「思いっきりどうぞ・・」

と苦笑しながら返す光秀に茶目っ気たっぷりの笑顔を見せる。そしてまた

「家康殿の接待のために城に残った光秀をどうやって城の外に行かせる?・そして俺はどうやってどこかの寺に逗留することにすればいいか・・」

と考える信長の言葉に皆も考え込む。

しばらくして「私が遠征先で苦戦し援軍《えんぐん》を頼むというのはどうでしょうか?」

「そうだな、そうすれば光秀も軍を率いて城から出ることが出来る。うん、そうだな、そうしよう」

「あとは信長さまがどういう理由で小さな寺に逗留するか・・ですね」とねねも口を開く。

「逗留理由か・・」と信長がつぶやくと秀吉が

「お茶会などいかがでしょうか?・信長さまがよくお茶会を開かれる本能寺は安土城からそう遠くありませんし、お茶会なら濃姫さまがご一緒でも、小姓衆だけでも何も怪しまれることはありません」

「そうか。お茶会か、それがいいな、そうしよう。本能寺なら場所もいい」

今までのことを整理するかのように

「秀吉が備中《びっちゅう》へ遠征する。そこから援軍の要請《ようせい》が入る。光秀が遠征に出発する。その日に家康殿は帰る。家康殿の接待後はすぐに本能寺でお茶会を開く予定にしておくので、家康殿が帰られたら

すぐに俺と濃姫と小姓達は本能寺へ向かう。

そして、本能寺についた次の日の朝に備中へ遠征しようとしている光秀軍が京、嵐山あたりで引き返し本能寺にいる俺を討つ・・これで大体は大丈夫か？」

と一同に尋ねると秀吉が
「大丈夫だと思います。あと少し詰めればこのままで進められると・・」

「光秀は謀反の後はとにかく逃げてくれ。誰にも見つからないように隠れて秀吉が来るまで逃げおおしてくれ。たぶん大丈夫だとは思うが、謀反の噂《うわさ》を聞きつけ名を上げたいがために光秀を討ちに来る奴らが来るかもしれない。とにかく秀吉に無事に討たれるまで逃げて逃げて逃げ回ってくれ。秀吉は出来るだけ早く光秀を討ってくれ」

「は、」

「秀吉殿に無事に討たれるまでというのもおかしな響《ひび》きでございますね」

と家康がぽつりとこぼす。皆その言葉に何とも言えない表情になる。

第二章

光秀成《せい》敗《ばい》

中国地方に遠征していた秀吉の耳に光秀が謀反を起こしたとの一報が入る。

「光秀殿、お疲れさまにございます」と一言小さくつぶやいた秀吉は「信長さまの敵討ちじゃ、明智光秀を討つ！」と叫び秀吉軍は京へと引き返したのである
――――――

秀吉に光秀謀反の知らせが入ると同時に、織田家の筆頭家老《ひっとうかろう》である柴田勝家《しばたかついえ》、そして重臣である丹羽長秀《にわながひで》、池田恒興《いけだつねおき》のそれぞれの城にも早馬《はやうま》が走る。

柴田勝家の居城《きょじょう》である北ノ庄城《きたのしょうじょう》に早馬が駆《か》け込む。

「謀反にございます。信長さまが、明智光秀に・・討たれました」と叫びながら城中を走り知らせる家臣。その知らせに城の中に戦慄《せんりつ》が走る。「静まれ」と勝家は家臣達に叫びながらも勝家自身も動揺が隠せない。

「どういうことだ？」

「本能寺にて信長さまを・・」

「光秀は秀吉殿の救援に赴《おもむ》いたのではないか？」

「は、桂川《かつらがわ》の付近で突然踵《きびす》を返し本能寺へ向かったとのこと」

「信長さまは?」

「早朝の奇襲《きしゅう》にてなす術《すべ》もなく、火をかけられた本能寺はあっという間に焼け落ちたと」

「なんということを・・光秀めが・・」と手をきつく握《にぎ》る勝家。

その騒ぎを聞きつけたお市が走って来る。

「勝家さま、兄さまは?兄さまに何かあったのですか?」

「光秀が謀反を起こした・・」と絞り出すようにお市に答える勝家。

「光秀殿が・・あの光秀殿が・・で、兄さまは?」

「本能寺で・・」という勝家の言葉を聞き気を失い勝家の腕の中に倒れ込む。お市をしっかりと抱きながら「なんとしても敵を討つ。光秀をなにがあっても許さん」と誓う。

家臣が「出兵いたしますか?」と問いかけると
「とにかく安土城へ行く。安土城の状況が分からない、きっと大騒ぎになっていることだろう。家臣達を収めてから、安土城を拠点《きょてん》に光秀成敗の軍を出す。丹羽殿、池田殿にも一報は入っているのか?」

「は、早馬が走っていると・・」

「分かった、とにかく軍を用意しろ、準備出来次第《しだい》安土城へ向かう」と家臣達に命じる勝家。

光秀謀反の一報が入ってすぐに京へ向かい、光秀が潜伏《せんぷく》している寺へ向かう秀吉軍。
秀吉軍に囲まれたことを察した光秀は家臣達に
「秀吉殿はお前達を悪いようにはしない。今投降《とうこう》すれば後のことも考えてくれるだろう」
と投降するように命じる。
「しかし殿。信長さまをお取りになったのですから、このまま天下を取ることも叶わぬ夢ではございません。我らは殿とともに戦います」
と投降しようとしない家臣に向かってフッと笑顔を見せ
「ありがとう、だが、俺は天下など狙ってはおらん。そんな大きな夢など見てはおらん。俺は感情に溺《おぼ》れただけだ。信長憎しでこのようなことを仕出かした、ただのうつけ者よ」
と自嘲気味《じちょうぎみ》に話す。そして、一転表情を変え寺の外の秀吉に向かって
「お願いでございます。我が家臣達には何の非もございません。すべてはこの光秀が仕出かしたこと。家臣達に対してお慈悲《じひ》をいただければこれ以上の願いはございません。すべてこの光秀一人の責任、どうぞ光秀の最後の願いお聞き入れくださいませ」と叫ぶ。
その声に「承知《しょうち》いたしました」と大声で答える秀吉。

その答えに「かたじけない。感謝いたします」と返し、今度は家臣達に向かって「俺について来ても先はない。秀吉殿は知っての通り強い。勝ち目はない、そして、お前達を受け入れると約束してくださった。早く投降しご配慮《はいりょ》いただけ、早くしろ」と怒鳴る。今まで見せたことのないような光秀の鬼気迫《ききせま》った表情に抗《あらが》うことが出来ず、家臣達は次々と投降していった。

寺の外では投降した家臣達を秀吉の家臣達が手厚く受け入れていった。家臣達が投降し終わり、光秀が一人残った寺から突然大きな爆発音が聞こえた。

「なんだ?」「爆発したぞ」「光秀さまが焙烙玉《ほうらくだま》に火をつけられたのだ」と口々に叫んでいる中、爆発によって寺についた火はどんどん広がっていった。火とともに焼け落ちる寺を見つめながら、ただ「殿」とつぶやくしかない光秀の家臣達だった。対して秀吉の家臣は燃え盛る寺を見ながらも「殿、光秀の御首を取らなければ、誰かに取りに行かせましょう」と進言するが、「もういい、このままそっとしておいてやれ。光秀殿もそれをお望みだろう」と静かに答える。どちらの家臣達も複雑な表情で寺が燃え落ちるのをただ見つめていた。

安土城では急ぎ駆けつけた柴田勝家と丹羽長秀、池田恒興が光秀成敗について話し合っていた。謀反の知らせを受け安土城内は大騒ぎになっていたが、勝家達が到着しなんとか平静を取り戻していた。後はどこにいるか分からない光秀をどうやって成敗するかという問題であった。
勝家が
「秀吉殿はまだか?まだ備中に手間取っているのか?」と家臣に聞くと
「何も報告が入ってきておりませんので・・」と答える。それを聞き恒興が
「仕方がありませんな。我ら三名で光秀成敗の軍を出しましょう。これ以上時間を置くとこちらの不利になってしまいます」と言い、長秀が近臣《きんしん》に
「光秀の居場所はまだ分からないのか?」と厳《きび》しく問いかけると
「は、申し訳ございません。京付近に間者《かんじゃ》をたくさん放っておるのですが、まったく情報が入ってこない状況で・・」とすまなさそうに答える。何も目ぼしい情報もなく、ただやみくもに軍を出すわけにもいかず、歯がゆさばかりが募《つの》る三人であった。その時廊下を駆けて来る家臣が一人
「秀吉さまがお戻りになられました」と報告に来る。
「おお、やっと戻られたか」と少し安堵《あんど》の顔を見せる三人。
そこに秀吉が入って来る。
「皆さま、大変お待たせいたしました」と秀吉が挨拶《あいさつ》をすると

「秀吉殿、殿の話は知っておるな?」と勝家が聞く。

「光秀殿の謀反の件でございますか?」と聞き返すと
「そうだ、だからこうしてみんなに集まってもらっているのだ」

と少しイラついた声で秀吉に言う。

「その件でございましたら、もう片付きましたのでご安心くださいませ」と涼《すず》やかに答える秀吉。

「なんだと?片付いたとはどういう意味だ?」

と訳が分からず、秀吉が例のごとく冗談でも言っているのかと思い怒り出す勝家。

「謀反人明智光秀を先ほど成敗いたしました。早くご報告をと思い急ぎ戻って来た次第でございます」と答える秀吉を口を開けたまま見つめる勝家達。

「なんだと?光秀を成敗したと?」

「はい、私も信長さまの訃報《ふほう》を聞きすぐに京へと戻りました。そこで光秀が潜伏しているであろう寺の情報を耳にし、すぐさま駆けつけ成敗いたしましてございます」

「で、光秀はどうした?」

「光秀殿は何の抵抗《ていこう》もなさらず、ご自分の家臣達をすべて投降させ、光秀殿は一人寺にて焙烙玉にて爆死なされました」

「首はどうした?上げて来たのか?」

「いえ、焙烙玉の爆発により寺に火が着きそのまま寺とともに焼け落ちてしまわれました」

淡々と話す秀吉に何も言えずただ口を閉ざすしかない三人。

「光秀殿の家臣達はすべて我が軍にて引き受けることとなり申した」と秀吉が言うと
「なぜだ?謀反人の家臣達であるぞ。信長さまの敵として少なくとも近臣何名かは極刑《きょっけい》に処《しょ》さなければこちらの顔がたたん」と勝家が答える。

「そうでしょうか?光秀殿のこのところの苦境《くきょう》、我慢をご存じの方々は光秀殿に少なからず同情の気持ちをお持ちでございます。そこに家臣達まで極刑に処してしまうと感情的に反感を覚える方々も出てきかねません。ここで我ら織田家の重臣の大きな裁量《さいりょう》を持って光秀殿の家臣達に温情《おんじょう》を与えることで織田家への忠誠《ちゅうせい》もまた保つというものではございませんか?今後のことを考えるとその方が得策《とくさく》かと存じますが?」と畳みこむ。

一理あると納得せざるを得ない勝家だが素直に首を縦に振るのは悔《くや》しい。勝家が苦い顔で考え込むのを見て長秀が秀吉に同調する。

「そうでございますな、ここで温情を見せ、今後の織田家の味方を増やしておくことも得策ですね」と恒興の顔を見る。恒興は勝家の顔色を窺いながら何も言わない。

「とにかく」と秀吉。

「おかげさまでこの秀吉が謀反人明智光秀を無事に成敗することが出来、この件に関しては片付いたということでよろしいでしょうか？」と有無《うむ》を言わさぬ口調《くちょう》で言い切る。

不満ながらも頷く勝家。

「では」とまた秀吉が続ける。

「謀反の件は片付きましたが、次は信長さまの後継者《こうけいしゃ》を決めねばなりません」

「後継者？」と勝家が聞くと
「はい、信長さまが亡くなられた後、信長さまが治めてきた領地を誰が引き継ぐかということです」謀反が起きてから、光秀の成敗の話、そして今度はもう後継ぎの話と次から次へと起きて来る展開についていけず、すぐにいろいろ考えることが出来なくなっていた三人を見て、また秀吉が三人を先導《せんどう》する言葉を発する。

「信長さまが光秀殿の謀反によってお亡くなりになってからまだそんなに時間が経《た》ちません。その間にもたくさんのことがありました。私もまだ頭の中が整理出来ておりませんので、後継者の件は少し時間を置いて私も含め皆さまそれぞれに考えてから合議《ごうぎ》の場を整えたいと存じますがいかがでございましょうか」と穏《おだ》やかな声で皆に聞く。

精神的に疲れ切っていた三人はその秀吉の言葉にホッとし頷く。

「では、一月後に清洲城《きよすじょう》でお会いするというのはいかがでしょうか？」

「分かった」と勝家が答えると長秀も恒興も頷く。

「ありがとうございます。では一月後に清洲城で・・」と言い残しその場を去っていく秀吉。秀吉の勢いにのみ込まれ、ただ茫然《ぼうぜん》と秀吉の後ろ姿を見送る三人であった。

本能寺での計画も無事に終わり信長と濃姫は、信州の山中にあらかじめ用意していた家に移っていた。織田家の小姓や侍女達は連れずに二人だけの住まいである。

こまごまとした用事は近所の百姓達に頼み、生活に必要なものは秀吉、家康が用意することで何不自由ない生活を送っていた。が・・これまで天下を取るために忙しくも充実した毎日を過ごしていた信長にとって信州での生活は穏やかではあったが物足りなさを感じていた。

「なぁさくや、みんなどうしてるのかなぁ?世の中はどうなってる?あ〜、つまらん。暇《ひま》だ」
と愚痴《ぐち》る信長に
「自分で決めたことでしょ」
「ちぇっ、そうですけどね」とふて腐れて返す信長に
「何か趣味でも持ったら?木こりになりたかったんでしょ?」
「別に木こりになりたかったわけじゃないよ。木こりの格好をしてみたかったって言っただけだよ。あ〜〜あ、暇だ、身体が鈍《にぶ》るから剣術の稽古でもするか・・さくや、また鷹《たか》になって相手してくれよ」

「イヤだ」

「どうして？」

「だって本気で叩くでしょうが・・」

「そりゃ、そうじゃなきゃ稽古にならんだろう？・・っていうよりどうせ幻なんだから叩かれたって痛くないだろうが。だったらいいじゃないか？」

「痛くはないけど、叩かれると悔しい」と横を向くネコに

「なんだよそれ、負けず嫌いかよ」と軽口《かるくち》を叩いていると濃姫が笑顔で

「光秀が参りました」と伝えに来る。

「すぐに会いたい」と喜んで答える信長の声を聞き

「失礼いたします」と庭から入って来る光秀。

「お～、光秀待ってたぞ。無事に討たれたんだな」

「は、おかげさまで」

「でも遅かったな、秀吉は備中から帰るのにそんなに時間がかかったのか？　それまでは光秀は無事に潜伏出来たのか？危ないことはなかったか？その後はどうなった？」

と矢継《やつ》ぎ早《ばや》に質問する信長に笑いながら

「秀吉殿はすぐに来られ、無事に討たれました。その後私は少々ぶらついておりましたのでこちら

に伺《うかが》うのに時間を要しました」

「そうか、で、何をしていたのだ?」

「信長さまが亡くなられてからどのような影響《えいきょう》があったかを少し調べておりました」

「で?どうだった?」

「あの後すぐに勝家殿、長秀殿、恒興殿が安土城に行かれ、動揺する家臣達を静められたそうです。安土城や周辺の大名達にも大きな動きはなさそうです」

「そうか、良かった。後は後継者の問題が・・」

「まだ私も秀吉殿の動きが分かりませんのでもう少しお時間をいただければ・・」

「分かった、で、これから光秀はどうする?どこかに家は構えたのか?」

「私は仏門に入ろうかと思っております」

「え?仏門に?光秀は仏教が好きだったのか?」

「いえ、仏教には興味はございません」

「ではなぜ?」

「和尚《おしょう》となった方が動きやすいので・・」

「動きやすいとは?」

「これから私は間者として働きたいと考えております。そのためには僧侶《そうりょ》の姿の方が信頼してもらいやすく、また情報も取りやすいので」

「そういうことか・・」

「は、」

「で、名前は？」

「天海《てんかい》と命名いたしました」

「天海か、良い名だな」

「は、」

「何か情報が入ったら俺にも教えてくれよ」

「は、信長さまの間者でございますからもちろんのこと」

「俺のためにに？」

「は、」その言葉を聞き満面《まんめん》の笑みになる信長。

「これでまた面白くなりそうだ。ここは穏やかだがつまらん。ありがとう光秀、いや天海殿。よろしく頼む」と光秀の手を取り本当に嬉しそうに返す信長。

「こちらに来てから信長さまはつまらんしか言わないのよ。本当に困ったお人です」

と光秀に愚痴をこぼす濃姫。

「は、秀吉殿、家康殿にもお伝えしておきます」と苦笑する。

「では、今日はこれにてお暇《いとま》させていただきます」

「天海殿、また来てくれよ」

「は、情報を集めてすぐに参りますので・・濃姫もどうぞお身体お気を付けください」

と言って帰って行く天海を名残《なご》り惜しそうに見つめる信長だった。


安土城の近く、信長軍の訓練場で、信長の死の知らせを聞いてもまだ訓練をしている弥助達。

そこへ秀吉が顔を見せる。

「秀吉さま」

「弥助殿、おお源太殿もいらしたのか」

「秀吉さま」と泣きそうな顔で源太が秀吉の顔を見る。

「知ってのことと思いますが・・」

「聞いた」と怒ったように弥助が答える。

「どうしてこんなことに?光秀さまは信長さまのことをあんなに慕《した》っておられたのに信長さまも光秀さまをあんなに頼りにしておられたのに、俺には何が何だか分からないよ」

とうとう泣き出す源太。

「秀吉さま、本当に信長さまは亡くなられたのか?俺にはどうしても信じられないよ」

「お亡くなりになられた」との言葉に手をきつく握り下を向いてしまう源太。

「これから織田軍はどうなる?俺は信長に軍を任された。これから俺はどうしたら」と
ぽつりと口にする弥助。

「その話で参りました。今度織田家の後継者についての話し合いがもたれます」

「だろうな、もう大体は決まっているのか?」

「いえ、まだ何も決まってはおりませんが・・」と何か言いたげな秀吉に
「何か俺達に頼みがあるのか?」

「そのことですが、私に弥助殿と源太殿のお力をお貸しいただきたい」と頭を下げる。

「力を貸すとは?」

「私は信長さまの後を継ぎます。信長さまがおっしゃっていた平和な国創りの夢はこの秀吉が継ぎます。しかしきっと反対するものがたくさん出てくると思います」

「だろうな、百姓上がりの秀吉が信長の後を継ぐなど家臣達が黙ってないだろう」

「そこで信長軍に後ろ盾になっていただきたい」

「信長軍を後ろ盾に?」

「信長さまと弥助殿が作られた軍はとても強い。織田軍の中でも大きな力を持っています。その軍が後ろ盾になってくれれば大きな力となります」

「そういうことか・・秀吉、さっき信長の夢を継ぐって言ってたな?」

「私しか信長さまの夢を叶えることは出来ません。ですから弥助殿も源太殿も私と一緒に信長さまの夢を叶えていただきたいのです」と真剣な顔で答える。

「絶対だな、絶対に目的を間違わないな、俺は信長にも同じことを聞いた。そして、目的が間違った時は俺が信長を殺すと言った」

「その話は信長さまから聞いております」

「同じことを秀吉にも聞く、どうだ?それでいいか?」

「結構でございます。私の目的が間違って来ましたら、どうぞ私をお斬りください」と弥助の目を真正面から捉《とら》え答える。その目をしばらく見て
「分かった、ならばこれから信長軍は秀吉さまの下で働く。

秀吉さま、信長の夢を一緒に叶えよう」と力強く秀吉の手を握る弥助。

源太も涙を拭《ふ》き
「俺も秀吉さまの力になるよ」と弥助の手に自分の手を乗せる。

「ありがとうございます。弥助殿、源太殿、よろしくお願い申し上げます」と頭を深く下げる秀吉。

第三章

清洲会議《きよすかいぎ》

清洲城に、織田家の筆頭家老である柴田勝家、重臣の丹羽長秀、池田恒興、羽柴秀吉の四人が集まっている。
「さて、信長さまの後継者の話でございますが・・どなたかご意見はございませんか?・」
と勝家が口を開く。その言葉を待っていたかのように
「ここはやはり長年織田家の筆頭家老をお務めになっておられた勝家殿が織田家の次期頭領となられるのが筋《すじ》かと存じますが」と恒興が言うと勝家もしたり顔で一同を見回す。この一言で一同が納得すると思っていたところに長秀が
「しかし、信長さまの敵を討たれたのは秀吉殿でございます。一番の功績《こうせき》を上げられた秀吉殿が信長さまの後を継がれるのが筋かと」と反論する。
「いや、家臣として敵を討つのは当然のこと、ただ秀吉殿が一番近くにいたというだけで、勝家殿が近くにいらしたら当然勝家殿が討たれたと思います」と返す恒興に
「それは言い訳に過ぎないのでは?·事実討たれたのは秀吉殿でございますから・・」と
また畳みかけるように長秀が答える。
恒興と長秀の間に不穏《ふおん》な空気が流れる。勝家が
「長秀殿がなぜそこまで秀吉殿を推されるのか分かりませんが、私、勝家は、長年織田家に仕え、信長さまが頭領になられた後は筆頭家老としてお支えしておりました」と口を挟《はさ》むと

「しかし、勝家殿は先代がお亡くなりになられた後、信長さまではなく弟信行さまを織田家の頭領に推そうとなされましたのでは？」

「なんと昔の話を・・」と怒りの表情に変わる。

「今更そのような話を蒸し返してどうなる？」と今度は勝家と長秀が諍《いさか》いを始める。

「まぁ、そのようなことを今話をしても何も進みませぬゆえ、長秀殿もその話はお収めください」と秀吉が仲に入る。怒りが静まらない勝家であったが秀吉の仲裁《ちゅうさい》に黙る。

「では、昔の話はここまでにして、実際に信長さまの敵を討たれたのは秀吉殿でございます、そうでございますな勝家殿？」と問いかけられ無言を決め込む勝家。それに乗じて
「ならばやはり一番功をなされた秀吉殿が信長さまの後継者にふさわしいかと思いますが」

と畳みこむ。

「しかし、順列《じゅんれつ》というものがございましょう。筆頭家老の勝家殿を飛び越して秀吉殿が信長さまの後継者とは、いかがでございましょう？」と恒興が勝家に助け舟を出す。

助け舟を出してもらった勝家は
「順列もそうですが、私は信長さまの妹であるお市を正妻に娶《めと》っております。信長さまからお市をというお話をいただいたということは、信長さまは将来は私を後継者とお考えになっていたということだと考えております。いかがでございましょうかな？秀吉殿？」

世の常ではこれは王手《おうて》に準ずることである。筆頭家老であり、なおかつ信長の妹を正妻に娶っているということは世間においては勝家が次の頭領になることが順当な話となるのであるが、秀吉は、はいそうですかというわけにはいかなかった。信長に託《たく》された夢を叶えるために、どうしても自分が天下を取らなければいけない、そのためにはどうしてもここは引くわけにはいかない。

秀吉がどうしたものかと考えあぐねているとこれで決まったと思った勝家は、

「では、不肖《ふしょう》この私、柴田勝家が信長さまの後を継ぎ織田家の頭領となるということでよろしいでしょうか？」とグイグイと押してくる。それに乗じて恒興が

「そうでございます。勝家殿しか織田家の頭領になるお方はいらっしゃいません。こういっては何ですが、やはり出自《しゅつじ》の問題もございますから」と口を滑《すべ》らす。

この言葉を聞き秀吉の目が光る。

「出自とは？どういう意味でございますか？」と鋭い目を恒興に向ける。

その目に気おされしどろもどろになりながら

「いえ、やはり、その、勝家殿は生来《せいらい》が大名格の侍のご出身でございますから、世間の見方はやはり、その」

「百姓の出では世間が認めないと、頭領の器ではないと、そうおっしゃっているのですかな？」

「いえ、そのような、しかし、世間はどうあれ家臣達は自分よりも身分の低い百姓の出である秀吉

殿を頭領としてかしずくことが出来るかという問題がございますゆえ・・」
「私は確かに百姓の出でございます。しかし、信長さまより織田家の重臣として認められておりましたが？今は大名格の侍として城並びに領地をいただいておりますが、まだ百姓と見られなければいけませんかな？いかがでございましょう、恒興殿」
と鋭く言い返され困った顔になる恒興。一時は勝家が優勢《ゆうせい》であったが、恒興のひと言から今度は秀吉が有利となっていた。しばらく沈黙が続いたところ
「このままでは埒《らち》があきません。では、順番ということにしてはいかがでございましょう？最初は勝家殿、勝家殿に何かあった時は秀吉殿が後を継ぐとか・・」
と良い考えでも思いついたように恒興が口を開くが、即座に
「それは承服《しょうふく》しかねますな」と勝家、秀吉が同時に断る。顔をつぶされた形になった恒興はふて腐れ横を向いてしまう。
「このままでは戦になってしまいます。何とかお二人とも譲歩《じょうほ》出来ませんか？」
と長秀が問うが二人とも何も言わない。
「家臣同士が跡目《あとめ》をめぐって戦をするなど信長さまがお聞きになられたら何と思われるでしょう？」と悲しそうにつぶやく長秀の言葉を聞き
「戦は避けたいと私も思います」と秀吉が続く。

「ならば、先ほどからのお話通り、私が信長さまの後を・・」

と勝家が言うと、秀吉を推していた長秀も心が動いたように見えた。ここで引くわけにはいかない秀吉は最後の手段に出る。

「いえ、それはやはり承服出来かねます。信長さまのお志《こころざし》は私が守りたいと思います。私にしか出来ないと自負《じふ》しておりますゆえ」

「お志とは？」

「天下を取ることにございます」

「それならば私も出来る。信長さまのお志を継いで天下を取りましょう。ならば、秀吉殿はよろしいか？」

「しかし、どうやって?兵はいかがでしょう?勝家殿の兵だけでは天下は難しいと存じますが・・」

「兵とは？」といぶかしげに聞く勝家に向かって、ひと呼吸置き
「信長さまの軍は私についております」と宣言する秀吉。驚く三人。

「どういうことだ?秀吉」我を忘れ怒鳴る勝家に
「信長さまが天下をお取りになるためにお作りになった信長軍は、私の下についたということにございます。あの信長軍なしに天下をお取りになれますか？」

と不敵《ふてき》な笑みを浮かべ勝家に向かって言いきる秀吉。強大になっていた信長軍があったからこ

そ、ここまで来られたことは勝家も長秀も恒興も分かり過ぎるくらい分かっていた。戦術に長《た》けている秀吉の下に強大な信長軍がついたということは、もう誰も秀吉にはかなわないということである。勝家だろうが戦になれば負ける。それは火を見るより明らかなことに思えた。黙り込む勝家。恒興も何も言う言葉がない。ここで
「では、信長さまのお志はこの秀吉が継ぐということでよろしいでしょうか？」
と畳みかけると、長秀、恒興は
「それで結構でございます」と首を縦に振る。
勝家は苦虫を噛《か》み潰《つぶ》したような顔をして微動だにしない。勝家を気遣《きづ》うように恒興が
「勝家殿」と声をかけると、ものすごい形相《ぎょうそう》で恒興をにらみ
「恒興」と絞り出すような声でつぶやき、そして
「この百姓が、調子に乗りやがって、儂《わし》は認めん」
と叫ぶように言いながら席を立ち大きな足音とともに立ち去って行った。

北ノ庄城に戻って来た勝家は、地響きかと思うくらいの足音を立て廊下を歩いて行く。勝家のあまりの剣幕《けんまく》に家臣達も怖れ近づこうともしない。

家臣達のその弱気な態度にもまた腹を立てる勝家。

「我が家臣には腹が据わったものはおらんのか?」と家臣達を叱《しか》り付ける。

その言葉にまた震え上がる家臣達。勝家のいら立った足音と声を聞きお市が急いでやって来る。

「いかがなされましたか?清洲で何か?」

「あの百姓めが」とお市に向かって絞り出すように言う。

「百姓とは?」

「秀吉じゃ」秀吉という言葉を聞き、

「勝家さま、ここでお話しなさるようなことではございません。お部屋の方へ」

と勝家を部屋まで連れていく。

「誰も来ぬように」と家臣や侍女達に申し付け勝家と部屋に入る。

「秀吉さまがどうかなさいましたか?」

「さすがに百姓じゃ。あさましいわ」と吐き捨てるように言葉を出す。

「何があったのです?」

「秀吉が信長さまの跡目を継ぐと言い出したのじゃ」

「秀吉さまが?」

「筆頭家老である儂を差し置いて自分が信長さまの後を継ぎ天下を取ると言いよった。

何が信長さまの志じゃ、ふざけるな、出世欲の塊《かたまり》が何をほざくか」

未だに怒りが収まらない勝家は
「信長さまの志とやらが天下を取るくらいなら、儂が天下を取ってやる。

天下なら儂も取れる、信長さまの軍さえあれば儂にも取れる」と手を振り回す。

「兄さまの軍とは？」

「信長さまがお作りになった精鋭《せいえい》の軍じゃ、信長軍さえあれば天下を取ることなど難しくはない。

それを・・」

「それを？」

「秀吉の奴めが卑怯《ひきょう》な手を使い自分の下につけおった。姑息《こそく》にも信長軍を盾《たて》にしやがって・・

自分が信長さまの志、天下を取りますと付けあがったことをぬかしやがった。

ええい、小賢《こざか》しい、百姓の分際《ぶんざい》で」と自分の言葉に酔いどんどんとまた怒りが高まっていくが、

「兄さまの志・・」とつぶやき黙り込むお市に気が付き
「どうしたお市？」と尋ねる。

考え込むように何も答えないお市に怒りも静まり不安げな顔になる。

「お市？」勝家の顔を見ながらもどこか違うものを見ているようにお市が
「勝家さま」と声をかける。

「なんだ？」

「勝家さまはどうして天下をお取りになりたいのですか？」

「どうした？突然」

「天下を取られた後、勝家さまはどのような国創りをお考えですか？」

突然のお市の質問にしどろもどろになる勝家。

「信長さまの野望だった天下取りを家臣が受け継ぐのは当たり前であろう？」

「野望ですか？」

「秀吉はお志と言っておったが・・天下取りは野望ではないのか？」

「では、勝家さまは兄さまがどうして天下を取りたいと思われたかご存じですか？」

「それは・・この戦国の世に大名の子として生まれたからには天下を取りたいと思うのではないか？」

「天下を取った後、兄さまはどのような国創りをしたいと思っていらっしゃったかはご存じですか？」

「天下を取られた後・・・それは・・」

「では、勝家さまが天下を取られた後は？どのような国創りをしたいとお考えですか？」

「・・・・・」

「そうでございますか・・」

と勝家にとっては理解しがたいお市の言葉に少しムッとした勝家は
「ならば、お市は信長さまの志とやらを知っていたのか？

どういう国創りをしたいかを知っていたのか？」

「・・・・」

「そうだろう、そんなことは信長さましか知らないこと。

今そのようなことを論《ろん》じても何もならん。

天下を取ったら、その時に考えればいいことであろう？」

「そうでございますね」と勝家に向かってにっこりと微笑みかける。

お市の笑顔を見てホッとする勝家がぽつりと
「天下を取りたいと思ったわけは、信長さまのためだけではない」ともらす。

「兄さまのためだけではないと？」

「秀吉の家臣には絶対になりたくないのだ」

「筆頭家老としての誇《ほこ》りですか？秀吉さまが百姓の出だからですか？」

「違う・・そうではない」

「では？」

「・・秀吉はお市に惚《ほ》れている」驚くお市。

「そんなことは・・」

「儂も男だ、見ていれば分かる」

「もしそうだとして、それが？」

「秀吉の家臣となったらお市をよこせと言い出すだろう、そんなことは出来ぬ」

「・・・・・・」

「これは一度しか言わない、儂はお市が愛《いと》おしい、お市が幼子《おさなご》の頃から・・気が強く、元気なお市が妹のように愛おしかった、信長さまに甘えるお市が可愛くて。だんだん大きくなって美しくなっていくお市が女として愛おしくなっていった。だが、儂の手には届かぬ高嶺《たかね》の花。ただお市を見ているだけで良かった。お市が浅井から帰ってきた時はお市には気の毒だと思ったが嬉しかった。そして、信長さまからお市をというお話をいただいた時には天にも昇るような気分だった。今は妻として愛おしくてたまらん」とうつむいてしまう。

「お市は、儂が信長さまに頼まれ、儂の立身出世のためにお市を娶ったと思っていると思う」

うつむいた勝家を見ながら何も言わないお市。

「そう思われているのは分かっていた。それでいいと思っていた。だが・・」

口を閉ざしてしまった勝家に

「驚きました。そのように思うていただいているとは・・」

「だから、儂は何が何でも秀吉の上にいなければならないのだ」と顔を上げお市を見つめる。

「ありがとうございます。市は嬉しゅうございます」と勝家の手を取る。


信州の信長の家に秀吉とねねが訪《たず》ねて来ている。

「で、その後はどうなった?秀吉が後を継ぐということで話はついたか?」

「申し訳ございません、勝家殿にどうしても納得していただくことが出来ず・・不徳《ふとく》の致すところでございます」

「勝家なぁ〜、あれは頑固《がんこ》だから、さすがの秀吉も手も足も出ないか」

と困ったように笑う。

「そこで、これはもう力技《ちからわざ》でございますが・・」

「なんだ?」

「信長さまのご葬儀《そうぎ》を私が喪主《もしゅ》として執《と》り行いたいと」

「葬儀を?喪主で?」

「はい」

「それは力技だなぁ」

「はい、うまく行けばそのまま天下に信長さまの後継ぎは、この秀吉だと認めさせることができます。そうなれば勝家殿ももう何もおっしゃらないかと・・」

「しかし、間違えば・・」

「はい、勝家殿と戦になるかと・・」秀吉の提案にさすがの信長も頭を抱える。

「他に何か良い手立てはないのか?」

「信長さまは?何か良い案はございますか?」

「これと言って思いつくことは・・」と考え込むが、少しして気を取り直したかのように
「まぁ、勝家も筆頭家老としての意地を張っただけだろう、しばらくして頭を冷やせばちゃんと考えてくれるだろう。勝家ももういい年だ、今から天下を狙うなど無謀《むぼう》だということが分かる。秀吉と戦をしても得策ではないことくらい分かるだろう。お市のこともあるしな。お市を守ると俺と約束したから」と言ってはみるが自信なさげな様子である。

「そうでございますね。そうであってくれれば有り難いのですが・・」

と秀吉も小さな声で返す。同時にため息をつく二人であった。

清洲城での出来事から三カ月後、とりあえずは秀吉の出方を静観していた勝家のもとに秀吉からの使者が来る。

「何事だ？」

「は、羽柴秀吉殿からの文《ふみ》をお持ちいたしました」秀吉からの文と聞き、和解を申し出て来たものだと思い気をよくして文を読みはじめる勝家の目に飛び込んで来たのは

――織田信長、葬儀、ご参列のお願い、喪主　羽柴秀吉――

という文字であった。

しばらく内容がつかめず呆然《ぼうぜん》としていた勝家だったが、フツフツと怒りが込み上げその文をちりぢりに破り捨てた。使者に向かい

「よくもこのような、不遜《ふそん》にもほどがあると秀吉に伝えておけ」と怒鳴りつける。

「もう我慢ならぬ」と怒りに震える勝家であったが、さすがに何の策もなく挙兵《きょへい》するなどの暴挙《ぼうきょ》は出来ず、どうすればいいかを数日考えあぐねた。

勝家は間者として使っている者達に、秀吉に対して反対の意見を持っている織田の家臣を調べるように命《めい》を出した。数日後には数名の家臣の名前が挙がって来た。

その中に織田家でも指折りの軍師である滝川一益《たきがわかずます》の名があった。滝川の名を見た勝家は光明《こうみょう》を得たかのように喜んだ。これでもしかしたら秀吉と対等に戦えるかもしれない。そう思いすぐに滝川と反対派の大名達に連絡をつけ、滝川と反対派の数名の大名と同盟を結び、秀吉に戦を仕掛《しか》けたのである。

信州の信長の家に天海が訪ねて来た。

「何か情報が?」

「は、葬儀の件で・・」

「勝家か?勝家がどうした?」

「秀吉殿に対して兵を挙げられました」

「・・ダメだったか・・」

「は、」

「で?兵はどのくらいの数だ?」

「数までは分かりませんが、数名の家臣達と組まれたようでございます」

「秀吉反対派か・・」

「は、秀吉殿が跡目を継ぐことに反対している方々に呼びかけられたようで」

「誰がいる？」

「滝川一益殿と数名の大名格の方々がいらっしゃいます」

「滝川か・・それは・・」

「は、」

「参ったな・・」

「は、」

「長引くな」

「は、」


勝家が滝川含め数名の家臣達と手を組んだという知らせを受け、苦い顔で考え込む秀吉の姿があった。

「勝家殿・・」

ここから半年の歳月《さいげつ》という長い秀吉と勝家の戦が始まったのである。勝家も信長とともに戦ってきた軍師《ぐんし》である、そうやすやすとは秀吉に下ることはなかった。秀吉が優勢になったと思えば、勝家が優勢になるという具合でなかなか決着はつかなかった。しかし、戦が長引けば、兵の数、武器の数などの体力勝負になってくる。体力勝負となればやはり強いのは秀吉であった。賤ヶ岳《しずがたけ》の戦いで大きく体力が消耗《しょうもう》した勝家は、居城である北ノ庄城に逃げ込んでいた。北ノ庄城に迫って来る秀吉の軍。もはや抵抗する体力も残っていなかった勝家は最後の武器を持ち立てこもったのである。

信州の信長の家に秀吉が訪ねて来ている。濃姫も話を聞いている。三人とも沈痛《ちんつう》な面持《おもも》ちである。

「そうか、お市が・・」

「申し訳ございません。私の力不足でこのようなことになってしまい・・」と頭を深く下げる秀吉。

「頭を上げろ、秀吉のせいではない。お市は、お市なりに考えがあったのだろう・・だが、長政に引き続き本当に不憫《ふびん》な・・あの時どんなことをしても説得《せっとく》出来ていれば・・まさか、勝家がこのようなことに・・」と涙を見せる信長。濃姫も信長を見て涙を流す。秀吉は何もかける言葉がない。
しばらくそのまま三人で押し黙っていたが、気持ちを変えるように信長が
「秀吉、お市の最後の様子を教えてくれないか?」と頼む。
秀吉がその時の様子をぽつぽつと話しはじめる。

もうこれで最後になると思った秀吉は、お市を救い出すために数名の家臣を連れ北ノ庄城へと入って行く。秀吉が城内に入ったと聞いた勝家の家臣達は、もうお終《しま》いだと観念し、秀吉達に歯向かおうとはしなかった。その家臣達の態度を見て
「お前たちはここで待て」
と連れて来た数名の家臣に命令し、自分はどんどん城の中を進んでいく。城内は静まりかえり何の音もしない。とその時、急ぎ歩く足音と衣擦《きぬず》れの音が聞こえて来る。その音の方向へ急ぐ秀吉の目に勝家とお市の姿が入って来る。
「勝家殿、お市殿」と声をかけると二人が振り返る。
「秀吉・・」とつぶやく勝家に
「勝家さま、先にお行きくださいませ。私は少し秀吉さまとお話をしてから行きます」

とお市が声をかける。

「お市、もういい、秀吉と一緒に行け」と唸《うな》るように言葉を出す勝家に
「いえ、私は何があっても勝家さまのところに参ります。市を信じてくださいませ、ずっと一緒にいるとお約束したではありませんか、さ、早くお行きください」

と軽く突き飛ばす。その様子を見て秀吉が近づこうと足を出した瞬間、胸元にさしていた小刀《しょうとう》を抜き自分の喉《のど》に突き立てるしぐさをする。

「お下がりください。もう当《あ》て身《み》はこりごりでございます」

「お市さま・・ご一緒に、なにとぞ、どうか・・」と秀吉が言うと
「秀吉さまにひとつお尋ねしてもよろしいでしょうか?」

「何でございましょう?」

「秀吉さまは、なぜ天下を取りたいと思われるのですか?なぜこのように戦をなされるのですか?」と唐突《とうとつ》に聞く。

「私は信長さまのお志を継ぎ・・いえ、信長さまの夢を、平和な国創りを叶えたいとただそれだけにございます」その返事に軽く頷き
「そのお言葉で市は安心いたしました。ありがとうございます。秀吉さま、あなたさまならば兄さまの夢を叶えてくださると信じております。どうか兄さまの夢を叶えてくださいませ」

と軽く頭を下げる。
「ならば、お市さま、この秀吉と一緒に信長さまの夢を叶えてまいりましょう、さ、お手を、一緒に帰りましょう」と手を伸ばすと、小刀を持っている手に力を加える。
「お市さま」
「兄さまはもう・・いらっしゃいません」とグッと涙をこらえながら
「もういいのです。私は兄さまの夢を一緒に叶えたいと思っておりました。でも、それももう叶わぬ夢・・」
「お市さま・・」実は信長さまは生きておられます。光秀の謀反は芝居なのでございます、と叫びたくなるのを必死で我慢《がまん》しながら
「私が、この秀吉が信長さまの夢を必ず・・ですから、この秀吉にお市さまのお力をお貸しください。お市さまがお力をお貸しくだされば、私のそばにいてくだされば、この秀吉はどんなことでも頑張ることが出来ます。なにとぞ、なにとぞ・・」と涙を流しながら懇願《こんがん》する。秀吉の涙を見ながら小刀を突き付けた首を何度も横に振り
「それは無理にございます」
と小さな声で答える。流れる涙をぬぐおうともせずお市を見つめる秀吉に
「秀吉さま、本当にお世話になりました。お市は心から感謝しております。・・・私は、勝家さま

に嫁《とつ》いだ身。長政さまとは添《そ》い遂《と》げることが出来ませんでしたが、今度こそは勝家さまと添い遂げたいと存じております。勝家さまともお約束いたしました。どうかこのまま勝家さまとご一緒することをお許しくださいませ、どうぞこのままお帰りくださいませ」
と本当に喉を突きそうな勢いで言う。もう何も出来ない秀吉。仕方なく後ずさりしながらゆっくりと離れると
「ありがとうございます。この市のためにもどうぞ兄さまの夢を叶えてください。平和な国を見ることが出来ず残念ですが、お先に兄さまのもとへ参ります」
とお市も後ずさりしながら秀吉から離れていく。二人の間にある程度の距離が出来た時、お市は秀吉に後ろ姿を見せ勝家が待つ部屋へと駆けて行く。追いかけることも叶わず、秀吉も踵を返し待たせていた家臣達と城を後にする。
秀吉達が城から離れた頃、見計らったように城中から爆発音がして火の手が上がりどんどん広がっていった。燃える城を見つめながら
「お市さま・・」
とつぶやく秀吉――――

畳《たたみ》に手をつけうずくまる信長の目から流れ落ちる涙がポタポタと音を立て大きな染みとなって畳に広がっていく。

「俺はここに生きている・・」と声にならない声で何度も繰り返す。

同じように泣きながら信長の背を撫《な》で続ける濃姫。それをただ見ているしかない秀吉の頬《ほほ》にも幾《いく》重《え》にも涙がつたわる。

「申し訳ございませんでした」と何度も繰り返す秀吉に

「秀吉ありがとう、辛《つら》い思いをさせて申し訳なかった。この計画はお市には言えなかった。これは仕方がなかったのだ」と自分にも言い聞かせるように言い涙をぬぐう信長であった。

第四章

東の家康
西の秀吉

勝家を討ち、晴れて信長の領土を受け継ぐことになった秀吉だったが、そこには世の常である問題が持ち上がっていた。信長の跡目ということは世間も認めることであったが、織田家の頭領という問題は別の話になってくる。領土を引き継ぐということは織田家を引き継ぐということになる。そこで織田家の関係者達が口を挟みはじめたのである。

「信長さまの領土を受け継ぐのであれば羽柴秀吉殿に織田の名前を名乗っていただきたい」

「もしくは織田の誰かを頭首として、その後見人《こうけんにん》もしくは家臣となっていただかないと筋がたち申しません」などと口々に秀吉に物申して来たのである。

「私は信長さまの家臣でございましたが織田家とは何のゆかりもございません。この秀吉は信長さまのお志をお継ぎしたまでのこと、織田家を継ぐ謂《いわ》れはございません」と言えば、

「ならば信長さまの領土を受け継ぐのはおかしな話ではございませんか？」

「信長さまの領土は織田家の物、それを受け継ぐにはそれなりの筋を通していただかなければ・・」

と返される。織田家の何人かの関係者を擁立《ようりつ》し頭領争いを仕掛けようとしてくる者も出はじめる始末である。困った秀吉は、織田家ゆかりの親族などを一堂に集めた。多勢《たぜい》に無勢《ぶぜい》・・秀吉一人ならば親族が集まればこちらの方が有利と思って嬉々《きき》として集まった親族であったが、秀吉の言葉に虚《きょ》を突かれる。

「私は信長さまに頂いた領土はございません。今の私の領土は私自身の手で手にしたものでござい

ます」という言葉を聞き
「なんと厚かましいことを」

「信長さまがいらしたからのことではないか？もともとは信長さまの物」

などと口々に秀吉を罵《ののし》り始める。

「え〜い、だまらっしゃい」と一同を一喝《いっかつ》する秀吉。

「織田家の領土であると主張なさるならば、力ずくで取りにまいられよ」と凄《すご》む。

ザワザワとする一同に
「今は戦国の世、お忘れか？実力のあるものが領土を増やしていくのは当たり前のこと。それが気に入らないとおっしゃるならば力ずくでお取りなさい。さあ、どうなさいますか？」

と大きな声で聞く秀吉に誰も何も言えない。

「信長さまより領土をお預かりしていた他の城主達も私の下に入っております。私の家臣となっております。さあ、どうなさるかよくお考えなされませ。それでもとおっしゃるならばこの秀吉いつでもお相手いたしましょう」と朗々《ろうろう》と言い放つ。

信州の信長の家。笑う信長。

秀吉頭をかきながら
「自分でも芝居がかっているなと思いながら・・」と笑いながら話す。が、すぐに真顔になって
「これでよろしかったのでしょうか？」

「良い。これしか方法はなかった。織田の親族達を切らなければ、また新しい戦が始まることになる。織田家だ何だと言っている場合ではない」

「ただそうなると信長さまで織田家は・・」

「仕方がない。それは秀吉に後を任せると決めた時に覚悟はしていた。反対に変に戦にでもなって織田の親族の血が流れるよりよい。小さくても何とか生きていってくれるだろう」

と諦めたように答える信長。

「それはそうと、この後どうするつもりだ？」

「まずは城を造りたいと思います」

「そうだな、ならば出来る限り派手な城を造ったらどうだ？」

「派手な？」

「そうだ、思いっきり派手に、そうすれば力を示せる」

「力を示すために？」

「形は大切だ・・人は姿形を重んじる。大きくて派手な城を構えれば、それだけで力を示すことが出来る」

「大きくて派手な城・・」と考え込む秀吉。

居城に戻った秀吉にねねが
「お戻りなさいませ、信長さまと濃姫さまはお変わりなく？」

「あぁ、織田家の件は、ご了承《りょうしょう》いただいた」

「それはようございました」とほっとした表情のねねに
「信長さまに出来るだけ派手な城を造れと言われた・・」

「派手な城でございますか？」

「派手な城・・と言われても・・大きな城を造ればよいだけなのか？どこから攻められてもびくともしないような強そうな城を造ればいいのか？・・どう思うねね？」

と聞く。

「派手な城・・派手な城・・何をもって派手と？・・」とねねも考え込む。

「力を示すために派手にしろとおっしゃる・・」

「力を示すために??もうあなたの力は全国にとどろいています。

今更力を誇示《こじ》しなくても・・力?」と何か思いついたような顔をする。

「何か良い案でも?」

「武力だけが力ではないのでは?」

「武力以外の力ということか?」

「そうでございます。武力と財力・・この二つが揃《そろ》えばもう怖いものはない・・のでは?」

「財力か・・そうだな・・財力を見せつけるか?」

「はい」

「でも、どうやって?」

「そうですねぇ〜〜、財力を示すには何がよろしいでしょう?」

「黄金《こがね》か?」

「黄金にございますね・・」

「城を黄金で造るのか?」と聞く秀吉に
「それはさすがにあなたでも無理でございましょう」

と金ぴかの城を想像《そうぞう》して可笑《おか》しくなったねねは声を立てて笑い出す。ねねの笑い声につられて自分も笑い出す秀吉。二人でしばらく笑ったあとねねが

「屋根だけを黄金にするとか？」

「それでは重過ぎて屋根が落ちてしまう」

「では、石垣を黄金で造るとか？」

「それはものすごい量の黄金が必要になるし、みんなが持って行ってしまう」

「そうですよね、持っていかれてしまいますね。城は石垣がなくなって壊《こわ》れてしまいますね」

とまたそれを想像し笑い出す。

「笑ってばかりいないで真面目に考えてくれよ」

「私は真面目に考えていますけど」とまだ可笑しそうに笑う。困った顔で秀吉がねねの顔を見ていると
「そうだ、一部だけ、人が持っていけないようなところを黄金で造ればどうでしょう？」

「一部だけ？」

「そう、一室だけを金ぴかの部屋にするんです」

「一室だけを？でも、そんな部屋誰が見る？」

「謁見《えっけん》の間にするとか？」

「謁見の間・・そうだな、そうすれば謁見に来た者はみんな見るな」

と納得しようとする秀吉にねねが

「でも」

「なんだ?」

「何か違う気がします。謁見の間が金ぴかだと何か違和感が・・」

「違和感?」

「そんなに広いところではなく、密室のような、
何人かだけが入れるちょっと特別感を持たせたような、
密会《みっかい》的な感じのところにすればより効果的な気が・・

謁見の間のように誰とでも会えるところではなく、もっと駆け引きをする必要がある場所・・」

「密室・・駆け引き・・」と秀吉がつぶやくと同時に二人して
「茶室・・」と声を揃える。

「茶室か、なるほど、茶室なら政治的な駆け引きをすることが多い。

そこで財力を誇示出来ればこちらに有利に話を進めることが出来る・・」

「茶室なら・・信長さまとご懇意《こんい》になられていた千利休《せんのりきゅう》さまにご指南《しなん》いただければどうでしょうか?」

「利休殿か、そうだな、あの方ならば信用も出来る。一度話をしてみるか」

ということで金ぴかの茶室を擁《よう》した大坂城《おおさかじょう》が出来上がるのである。

出来立ての黄金の茶室に家康が入って来る。

「これはこれは・・」とまぶしそうに茶室の中を見回す家康。

「信長さまのご要望《ようぼう》通り思いっきり派手にいたしました」と笑う秀吉。

「先ほど外からも拝見《はいけん》いたしましたが、いやいや驚きました。

いたるところにふんだんに黄金が使われ秀吉殿の力の大きさに誰もが舌を巻きます」

「いえいえそこまですべて黄金にいたします財力もありませんので・・

すべて黄金とはいかず、外から見える一部だけに黄金を使いました。

それもこれもほとんどがねねの案にございますが・・」と恥《は》ずかしそうに笑う。

「なるほど・・」

「ま、はったり・・でございます」

「はったりは秀吉殿の十八番《おはこ》、はったりもまた力にございますゆえ」と二人して笑う。

「さて、今後のことでございますが・・家康殿」

「はい」

「表向きはあなたさまと私は天下を取り合う関係・・」

「左様《さよう》で・・」

「そこでどうやって表向き争いながら、協力して天下を取っていくかということですが・・」

「私もそこを考えているのですが、なかなか良い案が思いつかず・・」

「そうなんです。私もなかなかこれといった手が思いつかず・・」と二人で頭を抱え込む。

「そこでなんですが、ここはやはり信長さまにお知恵を拝借《はいしゃく》するというのはいかがでございましょう」と秀吉が提案すると家康も頷く。

「分かりました、日を決めていただければ、私の方から信長さまに使いを出しておきます」と家康。


信州の信長の家。秀吉、ねね、家康、天海が集まっている。

「いやぁ、こうしてみんなが集まるのは久しぶりだなぁ〜」とご機嫌な信長。

「そうですね、あの日の百姓家以来でございます」と家康。

「上手《うま》く行って良かったなぁ〜、こうしてまたみんなで集まれるとは嬉しい、本当に嬉しいぞ・・いやぁ〜薄氷《はくひょう》をふむ思いだったな、な、みんな?」

「それもこれもすべて信長さまが言い出したことではありませんか」

と鋭く返す濃姫の言葉に皆が頷きながら笑う。少し真顔になった秀吉が
「最終目的の天下取りにはまだ道半《みちなか》ばにございます。これからのことご相談したくて家康殿と参り

ました」

「これからのことか・・仲たがいしているように見せかけ協力していくにはどうすればいいかだな・・家康殿から文をいただいてから考えていたのだが・・」

「何か良い案が？」と家康が聞くと
「これもなかなか難しいとは思うが」

と信長が身を乗り出すと同時に一同も身を乗り出す。

「東と西に分ける」

「東と西？」

「無駄に戦をしないために二つの勢力を作る。二つの大きな勢力ができれば、人間はどちらに付くかという思考になる・・らしい」

「らしい・・とは？」

「さくやがそう言っていた」苦笑いをする信長。

「さくやとは？」と秀吉とねねが首をかしげる。

「宙人《そらびと》だ」

「宙人とは？」とねね。

「夜空に光る星から話しかけてくるらしい」

「星から?」

「信長さまは、時々不思議なことをおっしゃる・・のは知っておりますが・・これはまた・・」

訳が分からず家康や濃姫や天海の顔を見るが、皆驚く様子もなく普通の顔をしている。

「皆さまは、そのさくやと申す宙人なる者の話をご存じなのですか?」

と聞くとみんな頷く。驚く秀吉とねねに濃姫が
「私も最初は驚きました。私には見えないネコが信長さまに見えるとか、そのネコが話しかけてくるとか、信じられませんでしたが信長さまのお話を聞くうちに本当のことだと納得できるようになりました」

「ネコ?その宙人はネコなのですか?」

「ネコになったり、リスになったり、鷹になったりするそうです」

と言う濃姫の言葉にまた驚く秀吉とねね。

「私もです。小さな頃に聞いた時は何の話か分かりませんでしたが、今はさくやの存在が有り難く思います」と家康も答える。

「天海殿も?」

「はい、信じております」

真面目な顔で話す三人の言葉を聞きしばらく考えていた秀吉とねねだったが、二人顔を見合わせ

頷き
「皆さまがそのようにおっしゃるのでしたら私もねねもさくやという見えないネコを信じます」と信長をしっかりと見つめ答える。

「見えないネコのおかげで俺は小さな頃から変わり者のうつけだよ」と笑いながら話す。

「なるほど・・」と頷く秀吉。

「そこは納得するところじゃないだろ。いえ、信長さまは変わり者でもうつけなどでもございません・・とかなんとか言えよ」と言う信長に
「それは、ちょっと・・」と秀吉が返す。その言葉に一同も大笑いする。

「で、そのさくやがその案を?」

「二つの勢力の話までだがな・・なるほどとは思う」

「確かに大きな勢力が出来れば、自分一人で戦うよりもどちらかに加わった方がいいと思いますね」

「だろ?だから家康殿と秀吉の二大勢力を作る。そして、二つの勢力が争っているかのように見せて、三河《みかわ》から東の大名達を家康殿が取り込み、なるべく話し合いで傘下《さんか》に入れていく。そして尾張から西を秀吉が取り込む。この二つの勢力でしのぎを削っているように見せ、最後に家康殿が秀吉に頭を下げ家臣として傘下に入る。これで天下統一ということになる。家康殿は、最後は秀

吉の家臣になることになるが、それで承知してくれるか？」

「はい、もちろんにございます。光秀殿、いや天海殿がここまでなさって作られた道、私も最初のお約束通り秀吉殿の補佐として兄さまの平和な国創りのお役に立たせていただきます」

「ありがとう家康殿」

「はい」

「頼むな、秀吉」

「はい」

「・・ここからだ」

「ここから？」

「そうだ、この計画通りに天下を取ったその後のことだが・・秀吉」

「はい」

「宗教には気を付けろ」

「宗教にございますか？また本願寺勢力のようなものが？」

「そうではない、今度は異国《いこく》からの宗教だ」

「異国の？」

「俺は昔キリスト教の宣教師《せんきょうし》と話をした」

「それは存じております」

「その時に話した宣教師ルイス・フロイス殿から物騒《ぶっそう》な話を聞いた」

「物騒とはどのような？」

「キリスト教は、宗教を装い他国を侵略《しんりゃく》する。宣教師はその手先だ」

「宗教で侵略ですか？」

「宣教師がまず来て、布教《ふきょう》と称して全国を歩き回り様子を窺う」

「間者？」

「そうだ、そして、弱いところを見つけると今度は武力で制圧して来る。奴らは強い武器を持っている。武力ではかなわない。そうしていくつもの国がキリスト教徒によって侵略されてしまったそうだ」

「宣教師とは、良いことを伝えに来るのではないのですか？彼らの神とやらの教えを伝えにはるばる来ているのだと思っておりました」と秀吉がため息をつく。

「だから、この国に入れてはダメだ」

「と、おっしゃられても・・すでにもう何名かの宣教師が来ておりますし、その者達を強制的に排《はい》除《じょ》すれば戦になりかねません。そんなに強い武器を持っている者達とどうやって戦えば？」

「戦わない」

「戦わず、どうやってキリスト教を排除していけば？」

「徐々《じょじょ》に、ゆっくり、何気《なにげ》なく、だ」

「徐々に、ゆっくり、何気なく？」

「のらりくらりと付き合いながら少しずつ窓口を狭《せば》めていくしかないな」

「それは気が遠くなるような話でございますね」

「それが安全な方法だろう、まだ天下が安定していない時に下手に刺激して戦にでもなったらまた混乱を起こしてしまう」

「そうでございますね」

「常に宣教師達の動きに気を付けておいてくれ」

「分かりました。宣教師の護衛《ごえい》として監視役《かんしやく》をつけるようにいたします」

「そうしてくれ・・そして」

「まだ何か？」

「あとは朝廷《ちょうてい》だ・・」

「朝廷でございますか？」

「朝廷との関係も難しい問題になってくる」

「私も常に不思議に思っておりましたが、なぜに皆朝廷をそんなに重んじるのでございますか？」

と家康が聞く。

「まず最初からの立場の違いということがある」

「立場の違い?」

「武士というのはそもそも貴族を守るために出来たものだ」

「どういうことでございますか?」

「これはさくやから聞いたのだが・・昔縄文《じょうもん》という国があった。その国は身分の差別もなく平和でとても暮らしやすい国だった」

「それは昔信長さまから伺ったことがあります。信長さまはその縄文の頃のような国を創りたいとおっしゃられた」と秀吉。

「そうだ、そして、その平和な国に大陸からたくさんの人間が渡って来た。その人達が来たことで出来たのが今のような争いが絶《た》えない国だ」

「なぜ?そのように争いが増えたのですか?」

「縄文の人々が持っていなかった考えを持っていたらしい」

「それはどのような?」

「土地を所有するという考えだ。

土地をたくさん持ったものが権力を持ち、その土地でできた作物などはすべてその人の物、そして自分の土地に住んでいる人々さえも自分の物として自由にできると思いはじめた。ここから身分の違いが出来てきた。作物を作る百姓は自分の持ち物と思ったのだ。自分より身分の低いもの。だから何をしてもいいという考えになっていった。

そして、たくさんの作物、財を持ち、たくさんの人々の上に君臨したい、権力を持ちたいと思い、たくさんの土地を持つことに躍起《やっき》になっていった。時が経ち小さなものが淘汰《とうた》され統合《とうごう》され、いくつかの大きな土地の所有者が出て来た。

それが今の貴族の始まりだ。その貴族の長が朝廷だ。そしてある程度世の中が収まり、貴族の世の中が出来てきた。が、貴族も安心してはいられなかった。いつまた自分の土地、権力を脅《おびや》かす人間が出て来るかもしれない。そこで自分の身と土地を守る護衛をつけることにした。その護衛が武士になっていったということだ。

だから、いつまでも朝廷は、武士は自分よりも下だと思っている。武士は、いつも上から出て来る朝廷や貴族達に慣れてしまっているのだ。このような詳しい理由は分からなくても親の代、その前の代からの立場が染みついていてしまっていて逆らうことなど考えも出来ないということだ」

「そういうことでございましたか・・」と家康が納得したかのように見えた時

「朝廷、貴族と武士の関係は分かりました。しかし、いつまでもその関係を続けていくのはどうでございましょう?そのような関係が続けば我らが天下を取ったとしても好きな国創りは出来ないのでは?いつまでも武士は貴族の下などという身分があれば、身分の差別のない平和な国など出来ないのでは?」と少し気色《けしき》ばんで秀吉が詰《つ》め寄《よ》る。

「そうなのだが・・もっと驚く話があってな・・あれは俺が将軍に会いに京へ行った時のことだ」

「なぁ、さくや」

「何?」

「貴族と武士の関係は分かったよ。貴族の護衛として武士が出来た。だから武士は貴族の使用人として貴族より下にみられるという話も分かる。だけどな・・」

「何?」

「今は力は完全に武士の方が強い。ならばどうして朝廷や貴族を倒そうとしない?力でいくらでも関係をひっくり返すことが出来るだろ?それなのに、こんなに力関係が逆転しているのに、なぜいつまでも使用人のようにしてる?どうして武士の長となったものが朝廷から将軍という名前のお墨《すみ》付きをもらわなければいけないんだ?俺にはどうしても分からない」

「それはね・・ちょっと難しい話になるけど・・聞きたい？」

「聞きたいから聞いてるんだろ？もったいぶらないで早く話してくれよ」

「すぐ怒る、すぐ怒るのは良くないよ・・」

「いいから、どういうことだよ・・」

「私は誰？」

「えっ？何言ってるんだよ、さくやだろうが・・」

「だから私、さくやは何者？」

「えっ？宙人ってこと？」

「そう、私は宙人、あのたくさんある星のひとつから話しかけている」

「だから？」

「たくさん星があるでしょ？」

「あるよ」

「ということは？」

「何が言いたいんだよ？分かんないからさっさと話してくれよ」

「ちょっとは自分で考えなさいよ」

「なんだよ、まったく。星がたくさんあるんだろ？ということは・・

あ、宙人もたくさんいるってことか？」

「そう、私以外にもね、宙人はたくさんいる。種族は違うけどたくさんの宙人がいるの」

「だから？」

「この星、もっと言えばこの日本という国にも私以外の宙人が関わってるってことなのよ」

「えっと、さくや以外の宙人が？誰と？」

「朝廷に関わっている」

「ちょっと待ってくれよ、朝廷？え？朝廷にもこうして宙人と話が出来る人がいるってこと？」

「そう、今は出来なくなっているけど、何代か前までは話が出来る人がいたの」

「じゃあ、良いじゃない。その人もその宙人にいろんな話を聞いてるんだろ？縄文の頃の平和な国とかも・・じゃあ、朝廷もこの国を平和な国にしようとしているってこと？な〜んだ、それなら話が違うよ。朝廷は大切だよね」

「そうじゃないから問題なの」

「そうじゃないって？」

「だってそうでしょ？もし朝廷が縄文の頃のような平和な国を創りたいと思っているなら、今のような国にはなっていないわよね。土地の奪い合いに勝ってたくさんの土地を持って、大きな権力を持っているのが朝廷でしょ。もし縄文のような国を創りたいと思っているならもうとっくに出来ているわ。そうでしょ?」

「そう言われてみれば・・」

「宙人にもいろいろな考えがあるの。みんなが私のような考えを持っているわけじゃないのよ」

「それって、どういうこと?」

「私は縄文の子達と仲良しだった。縄文の子達にいろいろ教えてたわ」

「うん」

「そしてね、弥生《やよい》の頃の人達と関わっていた宙人がいるの。正確には縄文の頃にたくさん入って来た大陸の人達と関わっていた。日本の土地を自分達の土地にするために日本に渡って来たの。それはその宙人が教えた。そして、その後もその宙人にいろいろ教えてもらって今の国が出来てる」

「その宙人は・・所有を教えたってこと?」

「そう」

「さくやとはまったく違う考え?」

「そうね」

「じゃあ、さくやがその宙人と話をしてくれよ。そんな国じゃなくて縄文のような国を創りましょうって言ってくれよ」

「そんなことは出来ないわ」

「どうして?」

「彼らは縄文のような平和な国を創りたいなんて思ってないの。彼らは戦が好きなの。争うことが好きなの。だから私が何を言っても聞かないわ」

「そんな・・」

「でもね、どんな考えを持とうともその宙人の自由なのよ、どんなことをしたいかも自由なの。だからその宙人がやりたいことをやめなさいなんていう権利は私にはない」

「でも、それで苦しい思いをしている人々もたくさんいる。身分差別で悲しい思いをしている人々もたくさんいる。それはどうすればいいんだよ?」

「それはすべて宙人のせいじゃない。その宙人と考えが合う、好きだと思う人間の問題。だから、信長、あなたが自分で縄文のような国を創るって決めたんでしょ?人間がどうするかを決めるの。だって人間の世界なんだから・・」

「俺は・・もう泣く人を見たくない。分かった、俺がやるよ、絶対に縄文のような国を創ってみせる。そして、朝廷も何もかもぶち壊す」

「だから、そんな単純な問題じゃないの。朝廷はそんなに簡単に壊せない」

「どうして?力をつければいいだろう?力で土地を奪って来たんだったら、それ以上に俺は力をつけて取り返す。そうだろ?」

「困ったわね・・ねぇ、陰陽師《おんみょうじ》って知ってる？」

「何それ？」

「貴族は実質的な力以外にも別の力を持っていたの。今も持っている」

「力以外の別の力？」

「貴族の勢力争いにはね、目に見えない力を使うことがよくあったの」

「目に見えない力って？」

「念《ねん》」

「念？」

「念を使って政敵《せいてき》などを倒していくの。念を使って戦をする人達を陰陽師というの。強い陰陽師を抱えた貴族は、政敵を倒してどんどん力をつけていく。朝廷はとても大きな力を持った陰陽師を抱えていた。だから、あそこまでになれたの」

「念の力って？その力で政敵を倒すって？え？意味が分からないんだけど・・」

「人の思いってすごいのよ。時も場所も飛び越えて相手を攻撃することが出来るの。昔、ある貴族が政敵に負けた。そして南の遠いところへ左遷《させん》されてしまったの。その人は悔しくてね、悔しくて、悔しくて、いつか京に戻る、戻って自分をこんな目にあわせた貴族に一矢《いっし》を報《むく》いてやるっていつも激しく思っていたの。そしたらね、京で不思議なことが起きはじめた。

その貴族のまわりで病気が流行《はや》り、死人が出たり、家が火事になったりと災難《さいなん》がたくさん起きたの。そこでそれはその人の念に違いないということで、ある力の強い陰陽師に頼んでその人の念を封じ込めた。それから何も災難が起きなくなったのよ。

それくらい念って力があるの。その念を思い通りに使うことが出来る人がいる。

それが陰陽師。そして、陰陽師を使っているのが朝廷。力のある陰陽師と同じくらい力を持つ朝廷もあった。その力を使い朝廷は自分は人間を超越《ちょうえつ》した存在だと思わせている。

だから、朝廷には誰も怖くて手が出せないってこと」

「今も？」

「その頃ほどじゃないけどね、でも、まだ力を使える人もいるわ。そして朝廷の近くにいる人達は皆まだ怖がっている」

「そんな目に見えない力を使われたら手も足も出ない・・」

「だから、朝廷とは関わらない方がいい。朝廷をぶち壊すなんて言わないで、上手に付き合った方がいいとみんな思ってる。だから、将軍も朝廷をたて将軍職をいただくという形をとって来たの」

「さくやの言うことだ、嘘《うそ》ではないと思う」
「目に見えない力など・・あるはずがない」と秀吉はどうしても理解出来ない様子で
「信長さま、さくやが言っているのが本当だとしても、そのような力を使われる前にこっちから先に戦を仕掛けてみてはいかがでしょうか？不意に仕掛けられればその陰陽師とやらはすぐに動けないのでは？」と聞くが、信長が違うところを見ているのを見て
「信長さま？」と信長の視線の先を辿《たど》るが秀吉には何も見えない。濃姫が
「信長さま、ネコがいるのですか？」と聞くと頷く信長。
「ネコはなんと？」
「秀吉は念のことが何も分かっていない・・と言っている」その言葉に不服そうに
「念などと急に言われても分かりかねます」とムッとしながら返す。
「念が使えればいろいろなことが出来る。このように遠い星からも話しかけることも出来るし、ネコの幻を見せることも出来る」
「・・そのようなことまで・・」
「朝廷はたくさんの陰陽師を抱えている、その中には千里眼《せんりがん》を使えるものもいる」
「千里眼とは？」
「遠くにいながら特定の人を監視したり出来るらしい。秀吉はもう監視対象になっているから、

何か事を起こそうとしたらすぐに察知《さっち》される、だから不意打ちは出来ない・・とさくやが言ってるが・・」

「私は今宙人と話をしているのですか?」と改めて驚く秀吉。

「そうだ、俺が通訳しているがな」と笑う信長。

「世の中には不思議なことが・・・・」と舌を巻く。

「朝廷は用心深い。陰陽師だけでなくあちこちに間者も放ってる。秀吉の動きも間者を使って探っているだろう」

「天下を取れば必ず朝廷が口を挟んでくる・・いったい、どうすれば?」と信長と秀吉が考えているとねねが
「将軍ではなく朝廷の中に入り込むというのはいかがでしょうか?」と言い出す。

「朝廷の中に?」

「はい、将軍では今までと変わらず朝廷の家来、使用人という立場になります。そうではなく朝廷内の位をいただくのです。武士ではなく貴族の仲間に入るのです」

「朝廷内の位か・・そこは考えてもいなかったな」と信長。

「朝廷の中での位をいただけば、ただの使用人ではなくなりますので少しは大きな顔が出来るかと・・」と微笑む。

「ねねは本当に策士《さくし》だな、こういう時頼りになる」と秀吉がつぶやけば
「女は皆策士にございます。殿方《とのがた》がご存じないだけ」
と意味ありげな微笑みを浮かべ濃姫を見る。濃姫も同じような笑みを浮かべながら頷く。信長、
秀吉、家康、天海は複雑な表情でお互いの顔を見合い肩をすぼめながら
「なんだか怖いな」とつぶやき苦笑する。
「ねねさんの策で行こう、天海殿、ちょっと朝廷の内情を探ってみてもらえないか？
内情が分かれば手が打ちやすい」
「は、」

徳川家康の居城である浜松城《はままつじょう》。寝ている家康。パッと目を開け天井に向かい小さな声で
「半蔵《はんぞう》か？」と問いかける。
「は、」と小さな声が返って来る。
家康に古くから仕える忍びの服部正成《はっとりまさなり》は服部半蔵《はっとりはんぞう》と名前を改めていた。
「どうした？」
「は、」と言ったと思った瞬間には家康のそばに控えていた。横になったまま

「秀吉殿か？」と聞くと

「は、土佐国《とさのくに》の長宗我部《ちょうそかべ》に手を焼いていると・・」

「分かった、こちらで何とかしますと伝えてくれ」

「は、」と言った瞬間にはもう家康の前から姿を消していた。そのまま眠りにつく家康。

朝になり側近に「土佐国の長宗我部氏とつなぎを取りたい。急いで文を届けてくれ」と書いた文を渡す。

何日か後、使いに出した側近が長宗我部氏からの文を携《たずさ》え戻って来る。その文を確認しすぐに

「土佐国へ行く。少数の兵を用意してくれ」と命令する。

「少数でよろしいのでしょうか？」

「少数でなくてはならない、大勢で行くと警戒される」

「は、」

すぐに精鋭の少数の兵が集まり、家康を先頭に土佐国へ向かう。

長宗我部の居城に着いた家康を丁重《ていちょう》に迎えに出て来る長宗我部元親《ちょうそかべもとちか》。

「これはこれは徳川殿。このような辺鄙《へんぴ》な所へ御大《おんたい》自らお越しいただけるとは・・」

「いえ、ご承諾《しょうだく》の文をいただき嬉しく一刻も早くお目にかかりたいと馳《は》せ参《さん》じた次第でございます」

「本当にあの羽柴秀吉という男はどこまで付けあがる気か。この由緒《ゆいしょ》ある長宗我部に百姓上がりの成りあがり者の側につけとぬかしましてございます」

「誠に、羽柴秀吉は織田信長さまの領土をいただきながら、抜け抜けと自分で手に入れた領土だ、などと言いふらしているようで。本当に厚かましい限りにございます。いつまでものさばらせるわけにはまいりません。このままのさばらせてしまいますと代々武士の家系である我々の恥」

「左様で」

「三河から東側の方々は、ほぼ皆さま私と組んで秀吉を討つとお約束いただきました。そして今土佐国の長宗我部殿までもが名を連ねていただけるという。祝着至極《しゅうちゃくしごく》に存じます」

「こちらこそ、昔から本当に気に入らぬ奴でございました。あの秀吉を成敗出来ると思うと胸のつかえが取れるというもの」

「一緒に秀吉を討ち、武士の誇りを見せつけてやりましょう」と長宗我部の手を取り強く握る。

「徳川殿、是非あなたさまが天下をお取りください。一緒に戦いましょう」

と長宗我部も家康の手を強く握り返す。


大坂城、寝ている秀吉。パッと目を開け天井を見る。

「半蔵か？」

「は、」と答えた瞬間にはもう秀吉のそばに控えている。

「よくここまで来られるな。警備をもっと厳しくせねばならぬな」と真剣に言う秀吉に
「は、」とただ笑う半蔵。

「で、どうなった？」

「は、例の件は我が殿の側へ・・」

「そうか、素直に組み込まれてくれたか」

「は、」

「それは良かった」まだ何か話がありそうな半蔵に
「他には？」

「は、東の常陸国《ひたちのくに》の佐竹《さたけ》が・・」

「分かった、こちらで何とかしましょうとお伝えくだされ」

「は、」と言うなり秀吉の前から姿を消す半蔵。

「これは真剣に警備を考えねばならないな」と独《ひと》り言《ごと》を言う秀吉。

数週間後、寝ている家康。パッと目を開け天井を見る。

「半蔵か？」

「は、」という声とともにすでにそばに控えている半蔵。

「どうなった？」

「は、秀吉殿が佐竹殿を味方にお付けになりました」

「そうか、これでほぼ二つの勢力のうちに入ったということだな・・あとは仕上げだ」

「は、」

「ご苦労だった」と声をかけると同時に姿を消す半蔵。

信州の信長の家。天海が庭から入って来る。
「天海さま、よくお越しくださいました」と濃姫が天海に気が付き声をかけると、その声を聞き信長もすぐに縁側《えんがわ》に来る。縁側に座りながら
「何か分かったか？」

「時間がかかってしまい申し訳ございません。今、朝廷内では二条昭実《にじょうあきざね》と近衛信尹《このえのぶただ》なる者達が権力を争っているために関白職が空いているとのこと」

「関白職とは？」

「天皇の補佐役にございます。この職は実質上朝廷では最高の位だそうで・・」

「最高の位・・ということは天皇の次の位ということになるな」

「は、」

「その位が手に入れば朝廷内も秀吉が牛耳《ぎゅうじ》ることが出来る」

「は、」

「しかし、さすがにくださいと言ってすぐにくれるものではないだろう、どうやって手にするか・・その二人以外にも公家《くげ》がひしめき、皆その位を狙っているのだろう？」

「そのようで・・」

「その位は誰が決める？」

「天皇自《みずか》らが指名するそうです」

「天皇自ら・・ならば天皇に気に入られればいいということか・・」

「は、」

「その前にどうやって天皇に会うかだな・・」

「朝廷は秀吉殿に将軍職をと考えているようですので、もうすぐ声がかかると思いますが」

「そうだよな、征夷大将軍《せいいたいしょうぐん》止まりで考えられているよな。そこをどうやってひっくり返し朝廷内の位を手にするか・・」

「朝廷の、というより天皇が望むものを与えるのが一番かと・・」

「天皇が望むものとは?知っているのか?」

「はい、たぶん黄金かと・・」

「黄金か」

「朝廷の財はひっ迫しているとの情報が入ってきております。ですからそこを突けば何とかなるやもしれません」

「そうか、黄金か・・」

「この情報を秀吉に伝えたいが・・どうやって伝えれば・・」

「天海殿は、秀吉の周辺の者に顔を知られているし、俺が死んだと思っているものばかりだから誰にも頼むことが出来ない。秀吉は忙しくてしばらくこちらには来られないと言っていたし・・どうする?」と考え込む信長。その話を聞いていた濃姫が
「鳩《はと》はいかがでございますか?」と口にすると
「鳩か、そうだ鳩か、鳩がいた」パンと膝《ひざ》を叩き頷く。

「鳩とは？」と聞く天海に
「以前、暇過ぎてどうしようもなくなった時に、家康殿にちょっと遊んでもらっていたんだ」
「家康殿と」
「浜松城とこの家を往復出来る鳩を育てて文のやり取りをしていたんだ」
「鳩にそのような芸当《げいとう》が出来るのですか？」
「出来るんだよ、ちゃんと何度も届けてくれた」と嬉しそうに話す信長に
「では、その鳩を使って家康殿に文を出し、家康殿から秀吉殿にお伝え願いましょう。少し手間がかかりますがそれが一番安全な方法だと」
「そうだな、ではさっそくやってみよう。鳩の足に文をつけるのだが、小さいのであまり文字を書くことが出来ないのが難点《なんてん》だが・・」と言いながら小さく畳んだ紙を鳩の足にくくり付け
「頼むぞ、前のように家康殿に届けてくれよ」と話しかけパッと手を放す信長。
大きく羽を広げ力強く飛び立っていく鳩を見ている三人。
「頼みますよ」と濃姫もつぶやく。
浜松城の天守閣《てんしゅかく》で鳩の声がする。何かを訴《うった》えているかのような声に
「鳩？」と見に行く家康。

「おお、お前か・・どうした?久しぶりだな」と言い足を見てみると紙が括《くく》りつけられていた。
そっと鳩を抱きかかえ
「ご苦労だったな、ありがとうな」と言いながら紙を足から外し読みはじめる。

——————　関白空いてる、天皇、黄金欲しい　——————

「兄さま、これでは何のことか分かりませんよ〜」
とつぶやきながらも何とか読み取ろうとする家康だった。

「たぶん朝廷内で関白職が空いているということだろう。そして、黄金を贈れば天皇は動く・・という意味だと思いますとこの文を渡し、秀吉殿に伝えてくれ、頼んだぞ半蔵」
と文を渡したとたんに姿を消す半蔵。

秀吉のもとに朝廷から使いが来ると連絡が入った。
朝廷からの使いが来ると言われても、どのようにもてなせばいいか、朝廷の作法《さほう》も何も知らない秀吉にとって頭を抱える問題であった。

「ねね、どうしたらいい?侍のしきたりなどは大分分かって来たが、朝廷となるとさっぱり分からん」

「私もですよ。あなたと同じ百姓の出でございますから、朝廷などまったく関係のない世界」と
二人で頭を抱えていた時
「そうです」

「何がそうなんだ?」

「千利休殿にご相談なさったらいかがでしょう?」

「朝廷も茶道《さどう》をたしなまれると聞きました。利休さまも朝廷とお付き合いがあるとも・・」

「そうか、利休殿に聞いてみるか」

千利休のおかげで何とか朝廷からの使者を迎え入れる準備が出来た秀吉である。
「ご使者の方が・・」と言う家臣に
「何名だ?」
「三名にございます」

「分かった、茶室へご案内しろ」と命じ秀吉は一足先に茶室に入って待つ。

「ご案内いたしました」という家臣の声に
「どうぞお入りくださいませ」と使者達に向かい声をかける。

「では・・」と言いながら躙《にじ》り口《ぐち》となっている小さな入り口から身体を小さくかがませ入って来た使者の目に入ったのは黄金の壁、黄金の天井、そして黄金の茶釜《ちゃがま》などであった。きらびやかな茶室に目をとられ、しばらくの間我を忘れて見回している使者達三人。

秀吉は使者達が役目を思い出し、話を始めるまで、しばらくの間じっと待っていた。

ハッと我に返り一人の使者が
「御上《おかみ》よりのお達しにございます」

「謹《つつし》んでお伺いいたしますが、その前に一服《いっぷく》差し上げたく存じますがよろしゅうございますか?」と聞く秀吉に頷く使者達。金の茶釜から金の匙《さじ》で湯をすくい金の茶器《ちゃき》で茶を点《た》てそれぞれの前に置いていく秀吉。金の茶器など見たこともない使者達は、興味津々《きょうみしんしん》で見ている。

「どうぞお召し上がりくださいませ」と勧《すす》めるまでただ見つめていた。ずんとした重さを感じながら金の茶器で茶を飲む使者達。もうこの時にはすでに秀吉にのみ込まれてしまっていた。

使者達が茶を飲み終わると堂々とした態度で
「改めまして御上からのお達しをお伺いさせていただきます」と深く頭を下げる。

「御上は羽柴秀吉殿、あなたさまに征夷大将軍の称号《しょうごう》をお与えくださるとのこと」
「有り難きお言葉痛みいります」
「では、お受けいただいたと御上にご報告させていただきます」と答える使者に
「滅相《めっそう》もございません。ご使者の方の御口《おくち》を煩《わずら》わせることなど失礼なことは出来ません。私が自ら御上にご挨拶させていただきたく存じます」とピシッと言い放つ。
「いえ、私どもはそれが役目、私から御上にはお伝えいたしますゆえ」
といつもの段取りのように行かないことに少し困惑しながら秀吉に言う。相手が弱気になっていることを見て取りここぞとばかりに
「いや、私が直接お答えさせていただきます」と言い切る。茶室に入ってからの秀吉による目に見えない圧力を感じていた使者達は、強く言い切る秀吉に抗うことが出来ず、ただ黙ってしまった。それを見て
「では、ご使者の方々とご一緒にこの秀吉参内《さんだい》させていただきます。それでよろしゅうございますな」ともうひと押しする秀吉に頷くしかない使者達であった。

朝廷の使者達と並び、京へ向かう秀吉の列が京の目抜き通りを進んでいく。公家の一行と武士の

一行が並んでいる姿を面白そうに眺《なが》めている京の人々。秀吉達は、人々と目を合わせニコニコとしているが、使者達は、困ったように下を向きなんとも言えない表情をしていた。

朝廷内に入り

「ここでお待ちください」と使者達が天皇の所へ帰還《きかん》の報告へ行く。謁見の間に残された秀吉は、面白そうにまわりを見回している。

「どうしてそのような者を連れて来た」

「申し訳ございません。何を言っても参内すると聞かず・・」

「適当に追い返せ」

「今更追い返すことはなんとも、あの羽柴秀吉にございますので」

「う〜む、まぁ、征夷大将軍を受けるということならば遅かれ早かれ会わねばならぬ。分かった会おう」ということで正親町天皇《おおぎまちてんのう》は、謁見の間に現れる。

天皇が来ることが分かり伏《ふ》して待つ秀吉。だが、天皇が座ると同時に何も言われない前から顔を上げ言葉を待つ。その態度にムッとした顔になる天皇。ムッとした表情を見ても何も動じずににっこりと笑う秀吉。

「使いの者より聞いておると思うが、そちに征夷大将軍の称号をつかわす」

と上から出て来る天皇に向かって少し頭を下げ

「有り難き幸せにございますが・・」秀吉の「が」という言葉に

「いらぬと申すか?」と腹立たし気に聞いてくる天皇。

いらぬというわけがない、きっと頭を下げて、くださいと言うに決まっていると高をくくっていたその耳に聞こえて来たのは

「はい」という涼やかな秀吉の言葉であった。

「本当にいらぬのか?将軍の称号をいらぬという武士は初めてじゃ。何を考えておる?」

と腹立たしさよりも驚きが先にたってつい聞いてしまう。

「はい、私は征夷大将軍という称号は求めてはおりません」

「何が欲しい?」

「公卿《くぎょう》」

「公卿だと?」

「公卿になりとうございます」と言い切る。

「何を馬鹿なことを申す。武士ごときが公卿などと・・立場をわきまえろ」と立ち上がろうとする天皇に向かい

「少々お待ちくださいませ」と頭を下げ、部屋の外に控えていた家臣に向かって

「あれを」と命じる。

「は、」という言葉とともに大きな箱を持って部屋に入って来る家臣。箱を秀吉と天皇の間に置く。

「どうぞこれをお納《おさ》めくださいませ」とずいっと前に押し出す。

「なんじゃ、それは・・」と興味を持ちはじめる天皇。

「お開きくださいませ、ほんのご挨拶がわりでございます」

とまたずいっと前に押し出す。近くに控えていた使者に目をやり開けてみろという合図をする。

近寄って来て使者が箱のふたを開けると天皇の目に入ったのは黄金で出来た茶釜だった。

「なんと」

「お気に召していただければ今度は茶器をいくつなりとも」

「いくつでもと?」

「はい、もし私を公卿にしていただけるのであればもっとお喜びいただけるものをご用意いたしましょう」

「もっと喜ぶもの?」

「はい、征夷大将軍は武士の最高の位。これは今までに何人もの武士がいただいております。でも、公卿になった武士はおりません。武士が公卿になれたということになれば私の名前はもっと大きくなることでございましょう。そうなれば天下を取り財も思いのまま」

「思いのまま？」

「そうでございます。あなたさまにも、もっとお喜びいただけることも」

頭の中でいろいろ計算を始める天皇。ただじっと待つ秀吉。

しばらく計算していた天皇が「よし、公卿として召し抱える」と公言する。

「ははぁ〜」と大げさにひれ伏し
「これ以上の喜びはございません。この羽柴秀吉、何としても御上にお喜びいただけるよう粉骨砕《ふんこっさい》身《しん》の決意を持ってお仕えいたします」

「頼むぞ」と声をかける天皇に
「もう一つお願いが・・」とひれ伏しながら言葉を出す。

「今度は何じゃ？」と呆れた顔で聞く天皇に
「何かお名前を頂戴《ちょうだい》したく」

「名前？」

「は、御上から名前をいただいたとなるともっと箔《はく》がつきます。

箔がつけば財も思いのままに・・」

「財も、思いのまま・・」またいろいろと頭の中で計算を始める天皇。

「分かった、名前をつけて進ぜよう、どんな名前でもいいのか？」

「出来ましたら、民が豊かになるようなお名前をいただければ幸いにございます」

「民が豊かに・・・ならば民豊《たみとよ》ではどうじゃ？」

「有り難い名前ではございますが、ちょっとそのまま過ぎて・・」

「要求の多い奴じゃ、では、民ではなく我が臣が豊かになるということで豊臣《とよとみ》ではどうじゃ。民も我が臣である」

「は、有り難き幸せにございます。ではこれからは羽柴秀吉改め、豊臣秀吉《とよとみひでよし》と名乗らせていただきます」

この日は公卿になるという大きな成果と天皇が名付けた豊臣という苗字を手に、大手を振って京の町から大坂へ戻って来た秀吉であるが、後日にもまた朝廷に参内し、朝廷内で二条昭実と、近衛信尹が争っていたためにしばらく誰も座ることがなかった関白の職をも手に入れ、朝廷内にも押しも押されもせぬ立場を確立したのである。

第五章

関白 豊臣秀吉

秀吉が朝廷に関わり合っていた間も全国は、秀吉派と家康派に分かれ小競《こぜ》り合いを繰り返していた。そこに秀吉が関白職に就任し、なおかつ天皇から名前まで頂いたという情報が全国に流れ大名達の間に激震が走った。秀吉派の大名達には吉報《きっぽう》であるが、家康派の大名にとっては悲報と呼べるものであった。家康派の大名達は、急ぎ家康のもとへと集まった。

「まさか、あの秀吉が朝廷に対してあのような動きをしているとは・・」

と大名の一人が言うと家康も

「私も驚いております。私も朝廷に対して動いておりましたが・・」と答える。

「徳川殿も朝廷へ何か?」

「私も征夷大将軍の称号を頂きたいと申し出ておりました。遅かったようです」

「それにしても、聞いたところによると秀吉めは、征夷大将軍はいらないから公卿が欲しいと朝廷に頼んだそうです。なんと身の程知らずな不届き者・・」と怒りに震える大名に別の大名が

「やはり根は百姓、礼儀を知らな過ぎる。朝廷に対しての心構えがなっておりません。代々の武家ならばそのようなことは畏れ多く、考えも致さぬこと」と付け加える。

腹の虫が治《おさ》まらない大名達の秀吉への悪口を聞きながらじっと黙っている家康に

「徳川殿、この際もう後には引けません。秀吉を討ちに行きましょう」とけしかけて来る。

「秀吉を討ち、晴れて徳川殿が征夷大将軍に・・」と皆が家康を見る。家康は冷静に

「もう無理でございます」と首を振る。

「なぜにでございますか？」

「秀吉が御上から名前を頂戴するということは、相当御上は秀吉をお気に召しているということにございます。御上がそれほどお気に召している秀吉を我らが討つということは、ひいては御上に楯突《たてつ》くということになり、我らは朝敵《ちょうてき》とみなされる危険もあるということにございます」

という家康の言葉に一同は唸る。何も言えなくなった大名を前に小さな声で
「秀吉殿、さすがでございますな」とつぶやく。

「徳川殿？何か？」

「いえ、何も・・」と下を向き誰にも見えないように小さく微笑む。


――――――大坂城、秀吉は家臣達を集め、

「この秀吉が関白になったと全国に広めろ。御上から名前を頂いたと全国に広めろ。出来る限りの手の者、間者すべてに命じて情報を広めるのだ」と檄《げき》を飛ばすと、家臣達は一斉に自分の手下、間者を使い全国に噂を広めていったのである――――――――

大坂城、謁見の間。家康を先頭に主だった家康派の大名が座っている。そこへ秀吉が入って来て
「皆さま、遠路《えんろ》はるばるお越しいただきありがとうございます」と言いながら上座に座る。
顔を上げている一同の顔を一人ずつゆっくりと見ていく。家康が口を開く。
「このたびは、関白へのご就任、御慶《およろこ》び申し上げます。豊臣秀吉殿」と軽く頭を下げる。
「これはこれは徳川殿、ご丁寧《ていねい》にありがとうございます」と胸を張り扇子《せんす》を振りまわす不遜な姿が
大名達にとって不愉快極《ふゆかいきわ》まりなかった。苦い顔で秀吉を見る大名達。
「こうして名だたる武将の方々に祝おうていただき、祝着至極に存じます」
という言い方もまた不遜に感じる大名達であった。
「私もまさかこのように関白職を頂けるとは思ってもおりませんでした。そもそも百姓の出の私
が、このように朝廷からの重責《じゅうせき》を頂けるなど本当に夢にも思うておりませんでしたわ」
と大きな声で笑う秀吉。苦い顔をする大名達。黙って座っている家康。
不穏な空気が流れはじめる頃に秀吉が声色《こわいろ》を変えて、
「私は朝廷からも関白としてのお墨つきを頂きました。私に逆らう者は朝廷に矢を引く者として考
えさせていただきますが、いかがですかな?皆さま?」ときつく問いかける。何も言えず悔しそ
うにする大名達。そこで時機を見計らったように家康が
「私、徳川家康は、豊臣秀吉殿にお仕え申し上げます」と大きな声で宣言し深くひれ伏す。

その家康の姿を見てもうダメだと悟った大名達も
「同じく豊臣秀吉殿にお仕え申し上げます」とひれ伏しながら口々に宣言しはじめる。
こうして計画は順調に進み、秀吉は晴れて天下人となったのである。
秀吉はすぐに組閣《そかく》を始め、家康など秀吉とは家臣関係になかった大名達五人、徳川家康・前田利《まえだとし》家《いえ》・上杉景勝《うえすぎかげかつ》・宇喜多秀家《うきたひでいえ》・毛利輝元《もうりてるもと》を五大老《ごたいろう》として政治にかかわらせ、五大老の下に昔から秀吉の家臣であった大名達五人、石田三成《いしだみつなり》、浅野長政《あさのながまさ》、前田玄以《まえだげんい》、増田長盛《ましたながもり》、長束正家《なつかまさいえ》らを五奉行《ごぶぎょう》として実践的な業務を任せたのである。

大坂城で、「お疲れさまでした」と謁見から帰って来た秀吉にねねが声をかける。

「いやぁ、家康殿は大した役者だ」と笑う。

「そういうあなたも結構な役者でございますよ」とねねも笑う。

「でも、ねねが進言してくれたおかげでどんな大名も何も言えんかったわ」

「朝廷内の役職のことですか？」

「そうだ、あの言葉がなければ朝廷内に位をもらおうなんて思わなかった。関白という位のおかげでどんな大名も何も言わない。さすがに朝廷の力は強いな。ありがとう、ねね」

「いえ、私は思いつきを話しただけで、実行なさったのは秀吉さまですから・・」

「信長さま、家康殿、天海殿、濃姫さまのお力のおかげでやっとここまで来れた。だけど、これからはもっと大変だぞ、これからは俺がやらねばならない」

「そうですね」

「これからどうやって信長さまのお考えになってる身分差別のない平和な国を創れるのか?まず何から手を付ければいいかさえ見当もつかない、ねね、何か良い案はないか?」

「平和な国を創りたい・・のですよね?」

「そうだ、戦のない平和な国だ」

「戦のない国ということならば、戦を禁じてはいかがですか?」

「戦を禁じる?」

「はい、もうあなたが天下人となってこの国の長《おさ》になったのですから、今までのように領土を争って戦をする必要はありません」

「大名達には働きに応じて領土は分け与えている、確かにもう戦をする理由はない」

「だからこれからはどんな理由であれ戦をしてはいけないと大名にお達しを出されたらいかがですか?」

「戦をしてはいけないと、大名達に・・」

「はい。たとえ領土と関係のない私ごとのケンカであっても戦をする者は豊臣秀吉が成敗すると言えば戦を始める者はいなくなるのでは?」

「そうだな、戦をする者がいなくなれば戦がなくなり平和になる。簡単だな」と笑うが、ちょっと考え
「でも、大名が戦をしなくなると、だんだん戦が出来る大名がいなくなるのではないか?信長さまがおっしゃっていたようにこれから異国にも気を配らなければいけない。異国から攻め込まれた時に戦が出来ない大名ばかりでは困るのでは?」

「そう言われてみれば・・異国と戦になった時に武力がなければ困りますね」

「そうだよな、戦はするな、でも武力は鍛《きた》えておけと言うのも何か矛盾《むじゅん》があるなぁ」

と二人で考え込む。

「武力を鍛えるというのは軍隊を持つということですか?」

「軍隊か、そうだよな、それぞれの大名が強い軍隊を持っていれば、いざという時に戦をすることが出来る」

「ならば大名の方々に正直に異国の話をされてはいかがですか?」

「異国の話を?」

「そうです。正直に異国からの脅威《きょうい》があると。そして、そのために軍隊を作り武力を鍛えておいて

欲しいと・・」

「そうか、それならば国内の戦を禁じつつも武力を鍛えておけと言えるな」

「はい」

「本当にねねは策士だなぁ～」と感心する秀吉に
「ただ、武力だけではなく財力も必要になります」

「財力か・・黄金か？」

「確かに黄金も必要だと思いますが、やはり国を支えているのは食料かと。食料や生活に必要なものが豊かでなければ国は平和にはなりません」

「そうだよな、みんなが腹いっぱい食えないのに平和な国にはならないな。武力ばかり鍛えても本《ほん》末転倒《まってんとう》と言うものだ」

「私達も百姓の出、百姓が今まで何に困っていたかを考えてみたら？」

「何に困っていたか？・・困っていたのは戦だな、戦に駆り出されて田んぼや畑のことが出来なかった、それが一番困ったよな」

「はい、本当に困りました。戦で男の人達は駆り出され、残った女や子ども、年寄りで畑を耕し、田んぼで米を作っていましたが、本当に大変でした。せっかく作った田んぼや畑も戦で何度駄目にされたことでしょう」

と言うねねの言葉に昔を思い出し遠い目をする秀吉。

「そうだな、本当にあれには困った」

「ならばそれをなくせばいいではないですか？」

「でも、さっきの話のように戦を禁じれば、もう百姓は戦に駆り出されることはない・・のでは？」

「でも、軍を作り武力を鍛えるとなるとまた百姓が駆り出されることになりませんか」

「う〜ん」と唸る秀吉が
「さっきから軍、軍と言ってるじゃないか」とポンと膝頭《ひざがしら》を叩く。

「軍？」

「そうだよ、信長さまのように戦人《いくさびと》を募って戦だけをする軍を作ればいい。

どうしてこんな簡単なことに気が付かなかった？」と自分の頭を叩く。

「俺もそこにいたのにな」と笑う。

「そうでしたね」とねねも笑う。

「身近なことは案外気が付かないものだな」とつぶやく。

「あと平和な世を創るには何が必要かな？」

「軍のことも大丈夫ですし、後は豊かさですね」

「百姓が米や野菜をたっぷりと作り、それをいろいろなものに加工する・・商売か？」

「そう言えば、米を計る時困りませんでしたか？」
「えっ？」
「あちらの村とこちらの村では桝《ます》の大きさが違うんです」
「そうだったかな？」
「そうですよ、あなたは戦ばかりしていたからそういうことを知らないのです」と
ちょっと怒ったようにねねが言うと困った顔になって
「そうだよな、実際のところ畑や田んぼはみんなに任せきりでそんなことを考えたこともなかった」と小さくなる。
「ですから、桝の大きさを全国で統一して欲しいです」
「そうだな、考えてみようか」
「はい、それが統一されると嬉しいです」とにっこりと笑うねねに
「ねねはまだ百姓のようだな」と秀吉が言うと
「はい、私はまだ百姓だと思っています。百姓や職人や庶民が国の礎《いしずえ》だと思います。庶民がいるから国は成り立ちます。だから百姓の気持ちを忘れてしまったら信長さまのおっしゃるような身分差別のない平和な国は創れないと思います」
とぴしゃりと秀吉に言う。

「はい、お言葉身《み》に染《し》みてございます」と頭を下げる秀吉を笑って見るねね。

ねねとの話し合いから、後々秀吉は、大名間の私闘を禁じた惣無事令《そうぶじれい》や、百姓達庶民がもう戦に出なくていいように百姓から武器を回収する刀狩《かたながり》、全国の桝の大きさを統一するなどの政策を考えだしたのである。そして、かねての懸案《けんあん》であったキリスト教に対しバテレン追放令も発布《はっぷ》した。これはまだ直接キリスト教に対して何かの動きをするものではなく、日本の大名達に対してキリスト教に入ることを禁じ、宣教師達を擁護《ようご》することを禁止するといった警告としての意味が大きかったのである。

その後、秀吉に豊臣の名を授《さず》けた正親町天皇に代わり、後陽成天皇《ごようぜいてんのう》が即位《そくい》したことに合わせ秀吉は聚楽第《じゅらくだい》にて即位の祝いを盛大に行った。その際に全国の大名を一堂に集め、惣無事令を出し、関白である秀吉への忠誠《ちゅうせい》を誓う誓約書を出させた。これで豊臣政権が確立されたのである。

第六章

茶々（淀殿）

聚楽第での祝いの席も滞《とどこお》りなく進み、天皇や大名達も帰りホッとしている秀吉のところに石田三成が報告にやって来た。障子越《しょうじご》しに

「殿、すべて終わりましてございます」

「三成か、ご苦労だった、疲れたであろう。皆にもゆっくりと休養をとらせてやってくれ」

「殿、お疲れのところ申し訳ございませんが、殿にお目にかかりたいと申す者がおりまして・・よろしゅうございますでしょうか？」

「誰だ？今日はもう疲れたから誰とも会いたくはないのだが・・」

「は、」と答える横から

「秀吉さま、茶々《ちゃちゃ》にございます。お市の娘の茶々にございます」

「これ、失礼ではないか」とたしなめる三成の言葉も関係なく

「お懐《なつ》かしい秀吉さまのご尊顔《そんがん》を拝し、関白大臣ご就任の御慶びを申し上げたく石田さまに無理をお願いしてここに連れて来ていただきました」とまた障子越しに秀吉に声をかける。

「茶々？」障子を開ける秀吉の目に入って来たのは

「お市さま・・」と声をかけてしまうくらいお市にそっくりな茶々の姿であった。茶々の姿に、喉元に小刀を突き立てさみしそうに笑うお市の最後の姿が重なり、涙を流す秀吉。静かに涙を流す秀吉に驚く三成と茶々。

お市が浅井長政に嫁いで生まれたのが娘三人。その長女が茶々である。信長を図《はか》らずも裏切ることになってしまい自刃《じじん》した長政。浅井家から秀吉によって救い出されたお市だったが浅井に残して来た娘達のことを思いふさぎ込む。その姿を見るに見かねね秀吉はお市がいつでも娘達に会えるように働きかける。浅井の家臣達を積極的に登用していった。

そしてその中でも秀吉の信頼を得ていた石田三成に娘達を任せ、いつでもお市と会えるように、そして娘達が不自由しないようにと取り計らったのである。こうして茶々は、旧浅井家の家臣達に大事に育てられてきた。

が、茶々には常に旧浅井の家臣達の思いが重くのしかかっていたのである。

「茶々さま、いかがでございました?」

「秀吉さまは私の顔を見て涙を流しておられました」

「なんと! それは素晴らしい。これで秀吉さまは茶々さまのとりこ。すぐにでも秀吉さまからお呼びがかかるでしょう。早く輿入《こしい》れのお支度《したく》をいたしましょう」と喜ぶ侍女達。

茶々も満更《まんざら》ではない。

「今は押しも押されもせぬ関白になられた秀吉さまの側室《そくしつ》になれれば、

浅井の再興《さいこう》は夢ではなくなりますね」

「そうでございます。何があっても秀吉さまのお子をもうけ、秀吉さまの後継ぎになれば名前は違っても浅井家の血が天下人の中に流れることになります。それは浅井家の再興と同じこと」

頷く茶々に
「幸いなことに秀吉さまにはお子がおられません。ここで茶々さまがお子をもうけられたらお世継《よっ》ぎは決まったようなもの。何があっても秀吉さまの御心《みこころ》をつなぎ止めお子を」

強い決意を秘めた目で頷く茶々。

「お父上さまもお喜びになられることでしょう」と侍女は涙をためる。

信州の信長の家に百姓の姿をしたねねが訪ねて来る。庭から入って来たねねに気が付いた濃姫が
「ねねさま、これはまたそのようなお姿で」と笑いながら迎えると
「なかなか城を抜け出すのも難しくなってまいりました」と答える。
「そうでございましょうね、天下人の奥方さまですから、ご自由な時間もあまりないでしょう。お察し申し上げます」
「今日は秀吉さまから託されたことがあってこのような姿で家臣達の目をごまかし出てまいりまし

た」と困ったように笑うねね。

「天海さまもいらしたのですか？」と家の中にいた天海に気づき目で挨拶をする。

「どうぞお上がりくださいませ」と濃姫が案内するところに少し座を外していた信長が帰ってくる。

「これはねねさん、今日は千客万来《せんきゃくばんらい》、嬉しいなぁ〜」とのんきな笑顔を見せる。

「で、今日はどうなさいました？」と信長が聞くと
「秀吉さまの所に琉球王国《りゅうきゅうおうこく》から助けを求めて遣《つか》いが参りました」

「琉球王国から？」

「はい、明国《みんこく》から脅威を受けているそうで、どうしたものかと信長さまのお知恵を拝借《はいしゃく》して来るようにと」

「そうですか、琉球王国が・・」と信長がつぶやくと
「でもなぜ琉球王国が日本に助けを求めるのでしょうか？」と天海が聞く。

「昔さくやから聞いたことがある。琉球王国は縄文の人達の子孫《しそん》だそうだ」

「縄文の人達の？」

「縄文の話をしたことがあると思うが、平和に暮らしていたところに大陸から縄文とは違う考えを持った人々がたくさん入って来て縄文の人達を排除していった。どんどん追い詰められ縄文の人達は北と南に分かれて行った。

北は蝦夷《えぞ》、南は琉球だ。だから、琉球の人達はこの国をどこか心の中で懐かしく思い、我らに助けを求めてきたのだろう」

「そういう経緯《けいい》があったのですね」とねねが納得する。

「それも大きな理由だけど、地理的にも琉球はとても微妙なところにある。琉球を取られてしまうとこの国も侵略されやすくなってしまう。琉球とこの国が手をつなぎ大陸の侵略を防がなければこの国も脅威にさらされることになる」

「ならば何としても琉球をお助けしなければ」

「そうだな、秀吉にそう伝えてくれますか？ねねさん」

「はい、すぐに戻り今信長さまから伺ったお話を秀吉さまにお伝えいたします」

と頭を下げ帰ろうとした時
「ちょっと聞いても大丈夫ですか？」と信長が声をかける。

「はい？」と返すねねに聞き辛そうに
「さっき天海殿に聞いたのですが」

「はい」

「秀吉がお市の娘、茶々を側室に迎えたとか・・」信長の言葉を聞きちょっと深く息を吐き
「はい」と答えるねね。

「大丈夫ですか？」とねねを気遣《きづか》うように聞く信長に
「私のことは大丈夫でございます」
「それならばいいのですが、秀吉のこともちょっと気になる」
「秀吉さまの力の元は女。今の力の元が茶々さまなのです。秀吉さまは大丈夫です。
信長さまとお約束した、平和な国を創るということに邁進《まいしん》しております。茶々さまはその力の元。私には今はその力がございませんので茶々さまには感謝しております」と軽く笑うねね。
ちょっとさみしそうなねねの表情を見て
「でも、こうして大事なところはねねさまを頼っておられるのですから、秀吉さまにとってねねさまは格別《かくべつ》なお方でございましょう」と濃姫が励ますように言うと
「はい、そう思っております」と明るく笑顔を返す。
「本当に女には弱い奴だ・・力の元が急所《きゅうしょ》にならなければいいが・・」
と大きくため息をつく信長であった。天海も複雑な顔になる。

山城淀城《やましろよどじょう》、側室になった茶々が秀吉の子を懐妊《かいにん》したことを祝い建てられた城である。そこで茶々は秀吉にとって最初の子を産み落とす。その子は捨《すて》と名付けられた。生まれてからほとんど大坂

城に帰ってこない秀吉、捨の祝いをするために淀城へ足を運ぶねね。ねねが茶々と捨の寝所へ案内されて行くと、満面の笑みで捨を抱きあやす秀吉の姿が目に入る。ねねの顔を見て少し複雑な表情になる秀吉。
その表情にまたねねも複雑な表情になる。しかし気持ちを押し殺しながらも丁寧に
「秀吉さま、茶々さま、おめでとうございます」と挨拶をするねねに対して不躾《ぶしつけ》な態度で
「淀《よど》にございます。茶々という名は捨てました、今は秀吉さまに頂いた淀の名で通しております」
とねねの祝いの言葉に感謝の言葉を返すこともなくぴしゃりと言い放つ。
少し驚いたねねだったが、すぐに
「これは失礼いたしました、淀さま」と返すとまた
「僭越《せんえつ》ではございますが、淀殿とお呼びくださいませ、ねねさま」とまたぴしゃりと返す。さすがにもう何も言葉を出せなくなったねね。二人の間に冷たい空気が漂う。
「呼び方などどうでもいいではないか。ほれ、ねね、可愛かろう」と間を取りなすように秀吉がねねに捨の顔を見せる。ねねが気を取り直して
「本当に、なんて可愛い・・」と捨を触ろうとした時捨がぐずり出す。
「秀吉さま、こちらへ」と淀が手を出す。秀吉は
「おお、良い子じゃ、良い子じゃ、泣くでない、泣くでない、それ母御じゃ」と言いながら捨を淀

に手渡す。淀が抱くと捨は機嫌が良くなり笑い出す。機嫌を直した捨を抱きながら勝ち誇ったような目でねねを見て
「この子は秀吉さまの初めてのお子、豊臣家の後継ぎにございます。ほんに秀吉さまにそっくりでございます」と言い、次に秀吉を見て
「この笑った顔などほんによく似て・・」と秀吉に甘えた声をかける。

「後継ぎ・・」と小さくつぶやくねねの言葉を聞き、困った顔になる秀吉。

「淀、その話はまだ・・」

「この間、お約束してくださったではありませんか。こういうお話は、ちゃんとねねさまにもお聞きいただかないと・・」

「どういうことでございますか？」とねねが秀吉に聞く。

「何でもない、淀が勝手に話を進めているだけだ、気にするな」

とちょっと怒った顔でねねに答える。

「私だけが勝手に進めているわけではございません。秀吉さまもちゃんとご了承くださったではございませんか？」

「もういい、この話は終わりだ。ねね、わざわざ来てくれてありがとう。明日大坂に帰る。先に帰っていてくれるか？」とねねを追い立てるように言うと

「明日大坂へ？まだこちらにいらしてもよろしいではありませんか」と淀が声をかける。

「仕事があるからな、いつまでもここにいるわけにはいかない」

と返すと目に涙をためじっと秀吉を見る。弱り果てる秀吉。その二人の様子を見て
「私は大坂に帰ります。淀さまお身体お大事になさってくださいませ」

と言って秀吉の顔も見ず、そのまま帰ってしまうねね。

次の日大坂に帰って来た秀吉に
「よくこちらにお戻りになることが出来ましたね」とねねが言うと
「そう嫌味《いやみ》を言うなよ」と苦笑いする。
「まさかとは思いますが、信長さまのお言葉をお忘れになってはいませんよね」
と念を押すように言うと
「分かってるよ。あれは淀が勝手に・・」
「ならばもっとはっきりとおっしゃらないと・・
このままでは淀さまは捨さまをお世継ぎにしてもらえると思ってしまいますよ」
「分かった、そうだな、はっきり言う。ちょっと待っててくれ。

大丈夫だから、心配はいらないから」

「ならばよろしいのですが・・」という言葉にねねが納得したと思った秀吉は、相好《そうごう》を崩《くず》し

「しかし、自分の子があんなに愛らしいものとは思わなかった。本当に俺にそっくりで、笑う顔も泣く顔もすべて可愛くて可愛くて・・」と話しはじめる。その顔をじっと見るねね。何も感情を出さないねねの顔を見てハッと我に返り

「申し訳なかった。ごめん」と謝る秀吉にまた不安が募るねねであった。

ねねの機嫌を取るように

「琉球のことだが・・」と話を変える。

「はい」

「琉球に軍を派遣したらどうかと思ってる」

「軍をですか？」

「そうだ、まだ明国は何の動きも見せてはいない。

でも、琉球に脅威をいだかせるような気配を出しているということだ」

「琉球は何かを察知しているということですね」

「そう、だから抑止力《よくしりょく》としてこちらの軍を置いておくというのはどうだろう？琉球の人達が許してくれたらのことだけど」

「一度お話しするのもいいかもしれませんね。琉球王国の方から助力を求めて来たのですから断るとは思いませんが」

「抑止力があれば無駄な戦をしなくてもすむ。その方がお互いのためだと思う」

「そうですね。後ろにこの国がついていると思えばあちらも無理はしてこないでしょう」

「明国はこの国がまだ統一出来ていなければ琉球を侵略、制圧した後にこちらにも手を伸ばして来たに違いない。もう少し天下を取るのが遅れていたら侵略されてしまっていたかもしれない。危ないところだったな。信長さまがおっしゃるようにこれからは異国に十分気を付けなければいけないな」

「はい」

「琉球王国を絶対に守らなければ・・」

「はい」

「ねね、これからも知恵を貸してくれ、頼む」と頭を下げる秀吉に

「私でよければいつでも」とちょっとホッとした表情で笑いかけるねね。

数日後、淀城から遣いの者が淀からの文を持ってやって来る。

――――秀吉さまはいつこちらにお帰りくださるのでしょうか？淀はさみしくて仕方がありません。捨も父上さまをお待ちしております――――

手紙を見てすぐさま淀城へと引き返す秀吉。秀吉を迎えた淀は捨を抱かせる。捨を抱いた秀吉の顔がみるみるうちに崩れていく。

「可愛いなぁ〜、ほれ笑ったぞ・・」

「ほんに秀吉さまにそっくりで聡明《そうめい》な顔をしていらっしゃいます。きっと誰にも負けない武将になるでしょう」

「そうか、そうか、賢《かしこ》くなれ、強くなれ」と捨に話しかける秀吉に

「秀吉さま、お願いでございます、この子を世継ぎにと書き記《しる》してくださいませ」

「またその話か・・それはこの子が大きくなってからでも遅くはないだろう」

「秀吉さまにはこの子だけでございます。ならば、大きくなる前でもよろしいではありませんか。今はっきりとお世継ぎであることを世間にお示しくだされば、下手な争いもなくなりこの子の身の安全も確保されるのです」

とちょっとイヤな顔をしている秀吉にもひるむことなく言葉を出す。

「しかし、まだ、この子が大将の器かどうか分からんし・・」

「この子は秀吉さまの血を受け継ぐ子、そして、浅井の血も受け継いでおります。その子が器でないわけがございません。私が良い大将となるよう、厳しく育ててまいります。そのためにも世継ぎという確証《かくしょう》が必要となってくるのです」

「今でなくてもいいだろう・・」

「正式な文書でなくてもいいのです。私が安心してこの子を育てるために、ちょっとおしるしを頂けるだけでいいのです。お願いいたします」

「もういい、やめてくれ」その言葉を聞き怒った淀は
「あなたさまはこの子のことが可愛くないのですね、分かりました。もうお頼み申しません」と言って秀吉の腕から捨を引き離し、ぷいっと横を向いてさっさとどこかへ行ってしまう。抱いていた捨の残った温かさを感じながら切ない表情になる秀吉。


石田三成に泣きつく淀。

「なぜ秀吉さまは、この子を世継ぎにとはっきりとおっしゃってくださらないのでしょう？」

「淀殿、今はしばらく御辛抱《ごしんぼう》なさいませ。秀吉さまにもお考えがあるのでしょう。今あまりにせっついてしまいますと秀吉さまのお心が離れてしまいかねません。

しばらくこの話はなさらないようにして秀吉さまが気持ちよく淀殿のおそばにいられるようになさった方が得策かと。そして、捨さまはまだ赤子《あかご》、捨さまがお歩きになりはじめ、少しお言葉が出るようになりましたらもっと可愛くなります。今でさえ可愛くて仕方がない捨さまが、よちよちお歩きになり、拙《つたな》くお話しになられるようになった暁《あかつき》には、秀吉さまのお心もお決まりになると思います。すぐでございます。すぐにお歩きになりますのでそれまではしばらくその話はなさらないように・・」

「分かりました、私もちょっと急ぎ過ぎました。この子がもう少し大きくなるのを待つことにいたします」

「そうなさいませ」という助言のもと淀は方針を変える。

今までのように世継ぎのことを言わなくなり、ニコニコとしている淀を見てホッとする秀吉。

捨も日に日に成長していき、表情も豊かになり、よちよちと歩きはじめるようになった。拙い言葉も出はじめ、秀吉はまさに目に入れても痛くないほどに可愛がっていたが、捨が病弱であることが悩みの種でもあった。

仕事が立て込んでいた秀吉はしばらく淀城に帰ることが出来なかった。半年ほど前から体調を崩していた捨のことを気にかけながらも時間がなかなか取れずにいた秀吉は、淀との文でのやり取りで捨の様子を知るしかなかった。

そのような折に急ぎの遣いが淀からの文を携えやって来た。

――――捨が高熱を出しております。ずっと熱が下がらず、医者にも原因が分からないとのこと。淀は心細くて仕方がございません。お帰りいただけないでしょうか――――

この知らせを受け急いで淀城に戻る秀吉の目に留まったのは変わり果てた捨の姿であった。

呆然と捨の姿を見て
「どうして?どうしてこのようなことに?」と淀に聞くが、淀も泣いているばかりで何も分からない。まわりの家臣や女中達もただ黙っているだけである。

その中に石田三成の姿を見つけた秀吉は
「何があった?」と問い詰める。

「ずっと微熱が続いておられましたが食欲も変わらずお元気なように見えましたし、幼児にはよくあることと医者も申したので様子を見ていたのですが・・突然高熱が出て・・」

「原因は?何の病か分からないのか?」

「はい、医者にも原因が分からないそうで・・」

「秀吉さまが捨などという名前をお付けになるからでございます。なぜ捨などと・・秀吉さまにとって捨は捨ててもいい子だということでしょうか?だから、後継ぎとしても認めてくださらなかったということでしょうか？」

「淀殿。おやめさない」と三成が止めるが淀はまだなお秀吉を責める。

「淀殿」と強い言葉でたしなめる三成に
「よい、我が子がこのようなことになって正気でいられる母はいない」

と言って泣き叫ぶ淀の肩をしっかりと抱く。秀吉も涙を流しながらも淀をただ抱き続けるのであった。しばらくして淀が少し落ち着いたのを見て
「捨と名付けたのは・・」と穏やかに話しかける。

「なぜそのような名を?」

「捨てることで丈夫になるという話を聞いたからだ」

「捨てることで丈夫に?」

「そういう迷信《めいしん》がある。だから捨と名付けた。丈夫に強く育ってくれるようにと。名前のことで淀が気をもんでいたのであれば申し訳なかった。ちゃんと説明するべきだった。許してくれ」

という秀吉にしがみつき泣く淀であった。

捨が亡くなり、ひどく落ち込んでいた秀吉にしばらくすると変化が起きた。憑《つ》き物《もの》が落ちたようにすっきりとした顔つきになった秀吉にねねが
「どうなされました？」と尋ねると
「俺は何をしていたのだろう？」

「何がでございますか？」

「俺は信長さまとの約束を破るところだった」

とねねの目を見て話す秀吉に
「はい」と返事をしながらねねの頬には涙が伝っていた。

「ねね、俺は関白職を降りようと思う。いいか？」

「はい、秀吉さまがそうお決めになられたのであれば私は何も・・」

「関白を血のつながりのない人物に継がせれば、捨の時のようなことにはならない。

誰が何を言っても世襲はなくなる」

「はい」

「次の関白に誰を推すかはもう少し考えたいと思う。器のある者、ねねも一緒に考えてくれ」

「はい」と嬉しそうに答えるねね。

しばらく淀と距離をとっていた秀吉のもとに淀からの文が届く。

――――捨が亡くなり淀城からは火が消えたようになっております。淀もさみしくてたまりません。秀吉さまもなかなかお越しくださらず、淀は毎日泣き暮らしております。何のために生きているのかさえ分からなくなりました――――

という文を読み、また心がざわつく秀吉であったが、

――――今はしなければいけない仕事が立て込んでいてそちらに行くことが出来ない。さみしいとは思うが耐えてくださない――――

と返した文に

――――このさみしさに耐えろとおっしゃられるならば、淀はもう死んだ方がましでございます。お先にあの世に参ることをお許しくださいませ――――

と返してくる。先にあの世へという言葉を読んだ瞬間に秀吉の目にまた喉に小刀を突き付けたお市の最後のさみしそうな笑みがありありと浮かんでくる。

「お市さま」

いても立ってもいられず、すぐに淀城へ行ってしまう秀吉。秀吉の姿を見つけ抱きついてくる淀。

「秀吉さま、淀はさみしゅうございました」と秀吉の胸で泣き続ける淀。

泣く淀をしっかりと抱き続ける秀吉。

「秀吉さま、淀はもうここはイヤでございます。大坂城へお連れくださいませ。どのような場所でも何も文句は申しません。お願いでございます、おそばにいさせてくださいませ。そうでなければ淀はここで死にます」

と泣きながら訴える淀に秀吉は抗うことが出来ず大坂城へ淀を連れ帰る。

急きょ大坂城の離れに部屋を与えられた淀はすぐにねねに挨拶に向かう。

「ねねさま、本日からこちらでお世話になることになりました。

どうぞよろしくお願いいたします」と殊勝《しゅしょう》な挨拶をする淀に

「このたびは捨さまにはお気の毒でございました。淀殿もお気を落とされないように」と返す。

淀はねねに不敵《ふてき》な笑みを浮かべ
「私はまだ若うございます。
まだまだ子どもを授かることが出来ますゆえ、気落ちはしておりません」と言い放つ。
その言葉にため息をつくしかなかったねねであった。

ねねにそのような挨拶をしたことを秀吉は知る由《よし》もなくねねに
「やむなく淀をこちらに連れて来た。
いろいろねねにも思うところもあると思うが広い心で包んでやってくれまいか？」と頼む。
小さくため息をつきながら
「先ほどご挨拶にお越しくださいました」と言うと
「そうか、そうか、さすがの淀もここでは小さくなっておるか」
と満面の笑みを見せる。

離れの淀の部屋。浅井から付き添っていた侍女に
「ここが本丸。やっとここまで来ることが出来ました。捨のことは残念で仕方ないけど、ここに来

ることが出来ればまた次の子を授かることが出来ます」と淀が言う。

「そうでございます。必ずや次のお子を、そして何があってもそのお子を豊臣家の後継ぎに、それが浅井の再興にもなり、亡くなられたお父上様への孝行《こうこう》にもなります」

「分かっています」

「さ、秀吉さまをお迎えする準備をなさいませ。私がうまくお呼びいたしますので」

「分かりました。よろしく」


大坂城に部屋を与えられた淀は機嫌も良く、いつもニコニコとした笑顔を見せていたので、秀吉も頻繁《ひんぱん》に淀のいる離れを訪れるようになっていった。少し酒も入り気がゆるんでいた秀吉は「俺は関白職を辞《じ》そうと思う」とポロッと話してしまう。突然表情が硬くなる淀。

「なぜでございますか?」

「少し考えるところがあってな」

「どなたに?どなたに関白をお譲りになられるのですか?」

「まだ決めてはいない。ねねと相談しながら決めようと思っている」

「まさか、ねねさまのお気に入りの方に?」

「それはない。ねねはそのようなことで判断はしない」ぷいっと横を向いてしまう淀。

困った秀吉は
「この話はよそう。何か楽しい話はないか？」と話題を変えようとするが淀の機嫌は直らない。

「ねねさまのご意見をお聞きになるのならば、私の意見もお聞きくださいませ」

「それは違う・・俺はねねに助けてもらいながらここまで来た」

「淀は今日は疲れました、お先に休ませていただきます」とサッと立ち上がり寝所へ行ってしまう。

どうしていいか分からなくなった秀吉は離れを出て自分の部屋へ戻る。


次の日、昨晩のことは何もなかったように笑顔で秀吉に会いに来る淀。

「秀吉さまぁ〜」

「ここには来るなと申したはず・・」と言う秀吉の言葉など聞く耳もなく秀吉の腕に絡《から》みつく。

「止《よ》さないか」と腕を離そうとするが
「秀吉さま、ちょっといらしてください。ね」とグイグイ引っ張っていく。

「どこへ行く？」

と聞く秀吉に答えることなくただ腕を引っ張り連れていく。遠くから子どもの声が聞こえて来る。楽しそうに笑う子どもの声に合わせて侍女達も笑っている。

「これは？」

「侍女の子でございます。宿下《やどさ》がりしていたのですが、こうやって子どもを連れて遊びに来てくれました」

「そうか」

と笑う幼子を見て秀吉の目じりも下がる。しばらく楽しそうに幼子を眺めていた淀だったが突然、

「捨も存命《ぞんめい》ならばこのくらいに・・・・」と目に袖《そで》をあてる。

「淀」と心配げに声をかける秀吉に気を取り直して
「ほんに可愛いものでございますね」と健気《けなげ》に涙を拭きながら笑いかける。

「そうだな、子どもとは本当に可愛いものだな」と言うと
「私もまた子が欲しゅうございます」と真剣な顔で訴える。

「しかし・・・・」

「私はまだ若うございます。まだ秀吉さまのお子を一人とは言わず何人もまだまだお産みすることが出来ます。ですので、関白職を辞されるお話は・・」

「その話か」

「はい、もしどうしても関白職を辞されるのであれば秀吉さまのお身内の方に・・」

「それは・・」

「お願いでございます。淀の一生のお願いでございます。必ずまたお子を・・その子のためにどうぞ淀の願いをお聞き入れくださいませ」と目に涙を浮かべながら秀吉を見る。

秀吉が甥《おい》である秀次《ひでつぐ》に関白職を継がせ自分は太閤《たいこう》になったという話をねねが聞いたのは、それからしばらく経ってからであった。ねねには何の相談もなく、それどころか何の報告もなかった。ねねはそれを知り驚き秀吉のところへ急ぐ。

「秀吉さま、関白の職を辞されたというのは本当でございますか？」といつものねねらしくない問い詰め方をする。

「ねねまでそのような言い方をするなよ」

「ねねまで・・とは・・」

「この前ちゃんと話しただろう？関白職を辞そうと思うと・・」

「それは伺いました、しかし、血のつながりのない者に継がせると・・」

「甥とは言っても秀次と俺はほとんど血のつながりはない・・ほとんど他人だ。その者を養子《ようし》として迎え入れただけだ。秀次を養子にしたことはねねも知ってるだろ？血のつながりのない者に継がせたのと同じだよ」

「しかし・・」

「俺は血のつながりではなく能力を見て秀次に継がせたんだよ。秀次はまっすぐな男だ。家臣達にも信頼が厚い。だから秀次に後を継がせた。名前が豊臣だというだけだ。

それに豊臣の名の方が世の中では受け入れられやすい。まったく違う名の者に継がせるとなると世襲が当たり前だと思っている連中にいちいち説明をしなければならなくなる。そうだろ？」

「まぁ、そう言われればそうかもしれませんが・・」

「俺は器でもないのに血がつながっているからという理由で継がせはしない」

「本当でございますね？」

「心配するな、それに俺は関白職は譲ったが太閤としてまだ実権は握っている。もし秀次が間違った方向へ行こうとしても止めることが出来る」

まだなんとなく納得出来ない様子のねねに
「大丈夫だから心配しないでくれ。また淀に何かを言われたかと心配したのかもしれないが、俺は信長さまの言いつけに背《そむ》くようなことはしないから」とねねの肩に手を置きながら強く言う。

秀吉の言葉にまだ一抹《いちまつ》の不安を感じながらも何も返す言葉がないねねであった。

第七章

千利休

せんのりきゅう

それから二年が経ち、淀が二人目の子を産み落とした。それを機に秀吉は大坂城から淀のために建築した伏見城《ふしみじょう》へと本拠地を移した。淀が産んだ二人目の子も男の子であり、名前は拾《ひろい》と名付けられた。後の豊臣秀頼《とよとみひでより》である。

「秀吉さま、なんと聡明な顔をしたわこでございましょう」

と胸に抱く子の顔を愛おしそうに見る淀。

「なんと愛い寝顔じゃ」と目じりを下げ拾の顔を時間を忘れて見続ける秀吉。

「拾は何があっても、私の命にかえてもお守りいたします」

「俺もこの子だけは何があっても守る」

「捨のようなことが二度とあってはならない、今度こそは・・」

という父と母としての気持ちが秀吉と淀を強く結び付けていった。


そこに大きな事件が起きたのである。


秀吉の茶の指南をしていた千利休が祝いに駆けつけて来た。

「これはこれは利休殿、しばらくお会い出来なくて申し訳ございませんでした」

「このたびはお世継ぎさまのご誕生、祝着至極《ごく》に存じます。お知らせを頂き嬉しくて馳せ参じました。ひと目お子さまにお会い出来れば光栄にございます」

「わざわざお越しいただきありがとうございます。さ、さ、こちらに」

と淀と拾の部屋まで案内する秀吉。拾の顔を見て
「なんと、美しくご聡明なお顔立ちをされたお子さまで」と驚く。

「そうでございますか？いや私も親ばかと言われましょうが、そう思っております」

と相好を崩す秀吉に
「拾さまに一服点てて差し上げたいと思いますがよろしゅうございますか？」と聞く。

「拾にでございますか？」

「はい、この利休にお祝いとして出来ますのは茶を点てることのみ、形だけでもお祝いさせていただきたく・・」と深く頭を下げる。淀と顔を見合わせ
「ありがとうございます。利休殿のお気持ち有り難くいただきます」

と茶室に案内する。茶室に入る淀と秀吉。利休は茶の用意を始める。まず秀吉と淀に茶を点て、次に拾のために茶を点てる。そして淀が胸に抱いた拾をこちらに渡すように手を差し伸べる。

躊躇《ちゅうちょ》している淀。

「大丈夫でございます。少しだけ唇に茶をつけるだけでございますので・・さ、拾さまをこちらへ・・」

と手を伸ばす。秀吉の顔を見ると秀吉も頷くので渋々ながら拾を利休に渡す。

笑っている拾を見つめ

「ほんに素晴らしいお子さまでございます。秀吉殿の後継ぎとして立派にお育ちになったお姿が見えるようでございます」と言いながら拾のために点てた茶を少し指に浸し唇に塗ろうとした、その時、

「お待ちなさい」と鋭い秀吉の声が響く。驚いて秀吉の顔を見る淀と利休。秀吉の声に驚き泣き出す拾。

「どうなされました?」と聞く淀に

「拾を連れて先に戻っていてくれ」と利休から拾を奪い取り淀に渡す。

「何が?何が起きたのですか?」

「何も聞かず早く拾を外へ」訳が分からない淀であったが秀吉の様子に何も言わず出ていく。

動かない利休に向かって静かな声で

「懐《ふところ》を拝見してもよろしいかな?」と聞く。何も答えない利休。

「ならば、ごめん」と利休の胸倉《むなぐら》をつかみ着物の合わせを力いっぱい開く。合わせから少し開いた薬包《やくほう》が落ちる。

「これはなんだ?」

「薬にございます」

「何の薬だ?」

「私の持病の薬でございます」

「ならば、今俺の目の前で飲んでみろ、すぐに、そら・・」

と薬包を利休の目の前に突きつける。動かない利休。

「俺が飲ましてやろうか?」と利休の頬をグッと押さえ口を開かせ薬を入れようとする。

必死に抵抗する利休。

「これはなんだ?どういうことだ?」と詰《つ》め寄《よ》る秀吉。

「誰に頼まれた?なぜ?何のために、どうして利休殿が?」と涙を流しはじめる。泣きながら詰め寄る秀吉に
「朝廷に・・」と一言だけ発する。

「朝廷に?どういうことだ?」


――――――　朝廷内、天皇と話す利休。

「そんなことは出来ません」

「主に断る権利などない」

「しかし、このような怖ろしいことは・・」

「これ以上武士ごときに朝廷内の位を継がせるわけにはいかぬのだ」

「しかし・・」

「先の正親町天皇の浅はかな行いによって秀吉を増長させ武士の分際でこの朝廷に口を挟むようになってしまった。もうこれ以上は許すことは出来ん。秀吉を継ぐ人間を排除していく。分かったか？」

「しかし、もう秀次さまが関白を継いでおりますが・・」

「あれは秀吉の時間稼ぎだ。拾が成長するまでのな。そうなる前に・・」

「私にはそのようなことは・・」

「利休、よく考えろ。無名であったお前に千利休と名をつけ、ここまでにしたのは誰だ？」

「先の天皇とあなたさまでございます」

「ならば？」

「しかし・・」

「断ると申すか？」

「・・・・・」

「朝廷に楯突くとどうなるか？　賢いお前ならば分かるだろう？」

「・・・・・・」

「よいな。お前は秀吉に信頼されている、近づくのも容易なこと。茶を点てると申してちょっと薬を飲ませればいいのだ」

「薬を？」

「そうだ、案ずるな、すぐに死ぬ薬ではない。ゆっくりとゆっくりと効いてくる。だからお前が飲ませたとは分からない。皆は幼児はちょっとしたことですぐ死ぬからと諦める、それで一件落着だ」

「絶対でございますね。絶対にすぐには死なない薬でございますね」

「案ずるな、大丈夫だ、少しだけ唇に塗ればいい。後は何食わぬ顔でいれば大丈夫だ」

「・・・・・・」

「頼んだぞ、利休」と利休の手を握る。

利休の手の中には薬包が残されていた――――

利休の話を聞き激高《げきこう》した秀吉は

「許さん」

と刀を抜こうとするが刀がないことに気が付く。茶室には刀は持って入らないという決まりであったことを思い出し、悔し紛れに利休を殴《なぐ》りつける。大きな音とともに利休が倒れ、その音に驚いた家臣達が集まって来る。何度も殴りつける秀吉に抵抗せず殴られたままになっている利休の姿を見て、とりあえず秀吉を止めようとする家臣。

「止めるな、このまま殺してくれるわ」と言う秀吉に
「お待ちくださいませ。ここでは、ここでは・・」と必死に止める家臣達。

「地下の牢《ろう》に放り込んでおけ」

と怒りで真っ赤になった顔で命令しドスドスと音をたて立ち去る秀吉。

怒りをどうしていいのか分からずとにかく歩き回る秀吉。すぐにでも利休を成敗したいと思うが、利休の後ろに朝廷がいるという事実が秀吉を止めていた。

次の日になっても判断がつかない秀吉。怒りと政治的な判断とで冷静になることが出来なかった。

「どうすればいい」と一人問答《もんどう》していると、後ろから
「秀吉さま」とねねの声がする。

「ねね」と驚く秀吉に
「家臣から知らせを受け・・・・」

「ねね」

「いったい何があったのでございますか？」

「利休が・・拾を毒殺しようとした・・」と言うのが精《せい》いっぱいの秀吉だった。

「拾さまは?大丈夫だったのですか？」

「大丈夫だ、早く気が付いたから」

「それは良かった。拾さまに何もなくて、それが一番でございます。しかしまさかあの利休さまが・・私には到底信じられません」

「ねね」

「はい」

「俺はどうしたらいい？」

「まず何が起きたのかを詳しく教えてくださいませ」とねねに言われ事の顛末《てんまつ》を話す秀吉。

「分かりました。利休さまがご自分でお認めになられたのなら仕方がありません。次にどうするかを落ち着いて考えましょう。利休さまは今どうしておいでですか」

「地下の牢に放り込んでいる」

「そうですか。利休さまの処遇《しょぐう》を間違えると朝廷とこじれることになってしまいます。それは信長さまがおっしゃっていたことからも困ったことになってしまいますね」

「だから、どうしていいか分からないんだ。俺は朝廷を許すことが出来ない」

「お気持ちはよく分かります。でも、今は朝廷と事を起こすのはどうかと・・」

「俺は悔しい。利休は信用出来る男だと思っていた、なのに・・」

「人は立場を重んじるものでございます。立場を守るためには手段を選ばない時も・・」

「ねねは?ねねは悔しくないのか?」

「悔しいです。とても悔しいです。でも起きてしまったことは仕方がありません。利休さまを信じていたのは私ですから。利休さまが何をなされてもそれは利休さまの自由。私が勝手に信じていただけのことと思うしかありません。きっと信長さまならば、そうおっしゃると思います。見えないネコもきっと・・・・」

「ねね」

「でも、だからといってこのまま利休さまをお許しくださいと言っているのではありません。やはり利休さまには、ご自分がなさったことの責任はお取りいただかなければなりません」

「どうやって?」

「ご自分でお命を絶っていただくしか・・・・」

「切腹させるのか？」

「それしかないでしょう。秀吉さまがお手を出してしまうと朝廷が黙ってはいないと・・」

「だが、何の理由で？」

「そこでございますね・・」

「理由か・・拾を毒殺しようとしたなど絶対に言えぬ」

「何かもっともらしい理由を考えなければ・・でも」

「でも？」

「下手な理由をつけてしまうと、秀吉さまが小さな人物と思われてしまいます」

「小さな人物か・・」

「はい、その程度のことで天下の千利休を切腹させたと、なんと心の小さな方だと噂が立ってしまいます。そうなるとこれからの執政《しっせい》にも影響が出て来ると・・」

「そうだな・・困ったな・・」と二人で頭を悩ましていた時、秀吉がハッとした顔になる。

「何か良いお考えが？」

「理由を言わない」

「理由を言わない？」

「信長さまが前に使われた手だ。光秀殿を苛める理由は言わないと・・・」

「あ、そうでございますね、そうでございました。なるほど、では、例えば・・これはいかがでしょうか？・」

「何か良い案が？・」

「はい、秀吉さまが、利休殿の名誉のために最後まで理由は明かさない・・とおっしゃれば、誰も詮索《せんさく》しなくなります。そして、秀吉さまもそんなにお怒りなのに利休さまの名誉を重んじて黙っている、何と大きなお方・・ということに」

「大きな・・か」と自嘲気味に笑う秀吉。

「天下人は、大きくなくてはいけません。大きいと世に思わせなければ・・」

「そうだな」

「本当は違っても・・」とくすくすと笑うねね。

「本当は違うって・・ねね、ひどいな」と秀吉もつられて笑う。

「では、これで行こう」

「利休さまにはお気の毒ですが、ご切腹はお早いうちに・・・」

「そうだな、すぐに命じよう」

「はい、ところで淀殿は大丈夫でございますか？」

「淀には何も知らせていない。でも、何かを感じたようであれから一時も拾を離さない、侍女にも触らせない」

「おかわいそうに・・お辛いでしょう。お身体をお大事になされますようお伝えくださいませ」

「ありがとう、しばらくすれば落ち着くだろう」

「では、私はこれにて、さすがに利休さまのこれからのお姿は・・」

「そうだな、ねね、来てくれてありがとう。本当に助かった」

ねねが帰ってすぐに秀吉は利休に切腹を申し付け、利休も何も言わずに従った。

朝廷には何も報告せず、朝廷からも何も言ってはこなかった。


後に拾が利休に命を狙われたと知った淀は、

「秀吉さま、お願いでございます。この拾の立場をはっきりとなさってくださいませ。はっきりとした秀吉さまの後継ぎとしての立場があれば、利休のような不届き者もなくなります。この拾の命を守るためにもどうか早く後継ぎのお約束を、一筆お書きくださいませ」

「少し待ってくれ」

「いつもそうではございませんか、捨の時もそうでございました。何をそんなにグズグズとお考えなのでしょうか?まさかねねさまにご遠慮されてのことじゃ?・」

「そんなことはない」

「そうでございますよね、　ねねさまにはお子がございませんから何もご遠慮されることはないですよね」

「情勢を考えると今拾を後継ぎとするのは得策ではない」

「情勢とは？」

「淀に話をしても分からんだろう」

「いつもそうでございます。いつも淀に話をしても分からないと言いながら、　ねねさまとはお話しなさる。淀は悲しゅうございます」

「とにかく今は得策ではない」と話を打ち切ってしまう。

「秀吉さま」

「分かってくれ、淀」

「では、私も政治の情勢を知りとうございます。よろしいでしょうか？」

淀が何を言っているのかその時は分からず
「ああ」と生返事をしてしまった秀吉はあとで後悔《こうかい》することになる。

伏見城で行われる秀吉と五大老の定例会議の席。

秀吉を前に徳川家康・前田利家・上杉景勝・宇喜多秀家・毛利輝元が並んで座っている。

が、一同の目は秀吉のそばで拾を抱いた淀に集まっていた。

「淀、どうした？ここは会議の場、あちらへ行っていなさい」

「私は秀吉さまの後継ぎである拾さまの母でございます。私が政治のことを知らなければ後継ぎである拾さまをしっかりとお育てすることが出来ません。

ですから、この場で皆さまのお話を伺っております」

「淀」

「ねねさまも今まで何度もこのような場にいらしたとお聞きしております。そして、先日秀吉さまは、私に政治の情勢を知ることをお許しくださいました、覚えておいでてでございましょう？」

「あれか・・」

「はい」

「そういう意味だったのか」と小さくつぶやく秀吉に
「私はただここでお聞きしているだけでございますので、どうぞお始めくださいませ」

と秀吉と五大老に向かって笑いかける。家康が秀吉の顔を見る。秀吉が家康から目を背ける。

秀吉が何も言わないのでそのまま会議が始まる。

この時からどのような会議であっても淀の姿があった。政治の場で常に秀吉の隣には淀の姿があるという世の常では考えられない状況になっていた。それをよく思わない家臣達も大勢いたのである。家康も秀吉と二人で話をすることも出来なかった。

「秀吉殿、少し折り入って二人でお話ししたいことがあるのですが」と秀吉に声をかけると
「私にご遠慮なく、どうぞこのままお話しくださいませ」と淀が答える始末《しまつ》である。

「秀吉殿はあの件についてどのようにお考えでございましょう？」

「あの件・・ですか？」

「はい、お亡くなりになられた信長さまのご遺志《いし》でございますが・・」

「ああ、あれは、ちゃんと考えておりますのでご心配なきよう・・」

と、しどろもどろになる秀吉に
「秀吉さま、信長さまのご遺志とは？どのような？」

「いや、その・・」

「信長さまは母の兄さま、私には伯父上《おじうえ》さま、その伯父上さまのご遺志をお教えくださいませ。伯父上さまは大変素晴らしい武将だったと聞いております。その伯父上さまのご遺志、教えをしっかりと拾にも伝えたいと思います」

困り果てた顔になる秀吉。

家康がまっすぐに自分の方を見ているのを感じ秀吉は
「今日は疲れましたので、その件に関しましてはまた今度ということにしていただけますかな？

徳川殿」と言ってそそくさと席を立ってしまう。

「では、私も失礼いたします」とすぐに後に続く淀。

二人の後ろ姿をため息をつきながら見つめる家康。

第八章

秀次失脚《しっきゃく》

それから二年ほどの歳月が過ぎ、いつまでも拾を世継ぎとして認めようとしない秀吉に業《ごう》を煮《に》やした淀が石田三成に泣きついていた。

「三成さま、秀吉さまは、どうして今回も拾を後継ぎと認めてくださらないのでしょうか?　淀は不思議でなりません」

「淀さま、それは私にも分かりかねます」

「もしかして秀次がいるからでしょうか?」

「関白をお継ぎになられた秀次殿でございますか?」

「そうです。秀次に関白だけでなくそのまま後継ぎをとお考えなのでしょうか?」

「まだ拾さまは幼い、お育ちになるのにまだ時間がかかります。その間のつなぎとして考えておられるのでないかと思いますが」

「でも、そのような悠長《ゆうちょう》なことを言っていて、拾が大きくなる前に秀次が自分の家系の誰かに関白を譲ってしまうなどということになれば、拾は秀吉さまの嫡男《ちゃくなん》でありながらそのものの家臣となってしまいます。そんなことは絶対に許されることではありません」

「それは秀吉殿がお許しにならないと・・」

「でも、でも、秀吉さまに何かもしものことがあったならば?」

「もしも?」

「拾が大きくなる前に秀吉さまがみまかられたら?」

「秀吉さまがお亡くなりになると?」

「秀吉さまもそんなにお若くはございません。それは事実。ですから一刻も早く秀吉さまの後継ぎとして拾を認めていただきたいのです。それには秀次が・・」

「秀次殿の失脚《しっきゃく》を?」

「はい、何とかなりませんか、三成さま。私は何としても拾を次の天下人にしなければならないのです。浅井の父の無念、家臣達の無念、そして、浅井の再興、この悲願《ひがん》を私は何としても叶えなければいけないのです」

淀の泣かんばかりの訴えに三成も考えはじめる。

「しかし、秀次さまには何も失脚の要因《よういん》になるようなものは・・・真面目で温和《おんわ》なお方で家臣達も慕っておりますゆえ、どこからどうすればいいか・・」

「どんな方でも何かあるはずでございます。どんな小さな噂でも構いません、何かありませんか?」

「では・・なければ作ればいい・・」

「作る?」

「はい」と何かを思いついたかのように低い声で答える三成であった。

「淀さま」

「はい」

「秀吉さまは何か危惧《きぐ》なさっていることはありませんか？」

「危惧？」

「どこからか攻められるとか、誰かが寝返《ねがえ》ろうとしているとか・・」

「そう言えば異国の話をしておられましたが」

「異国でございますか？」

「異国のキリスト教とやらに気を付けなければとかなんとか・・秀吉さまは何だか異国のキリスト教徒がお好きではないような・・」

「そこでございますね」

「ことは？」

「これから私がお話しすることを実行なされますか？」

「それをすると秀次を失脚させることが出来ると？」

「はい、たぶん」

「分かりました、やります、何をすれば？」

「では、まず・・・・・」

伏見城に秀吉を訪ねて秀次がやって来た。

「おお来たな、秀次」

「ご無沙汰《ぶさた》しております」

「ご無沙汰と言っても先月も会《お》うたでないか」と笑う秀吉に

「もっとお会いしていろいろ教えていただきたく思っております」

「本当にお前は真面目だなぁ〜。もっと遊び心を持たねば、つまらん男になってしまうぞ」

と軽口を言う秀吉に

「秀吉さまのようにはなかなか・・」と返す。

「お、なかなか言うようになったじゃないか」とまた嬉しそうに笑う。

「で、琉球の件はどうなった？」

「はい、今のところはまだ抑止力《よくしりょく》がきいているようで明国からは何の動きもございません」

「そうか、引き続き明国との折衝《せっしょう》を続けてくれ」

「はい、分かりました、戦にならないよう折衝を重ねて行きます」

「朝廷の方にも動きはないか?」

「はい、今のところ何も・・」

「朝廷というのは厄介《やっかい》なものだ。引き入れるわけにもいかず、つぶすわけにもいかない。なのにいつもどこかで主張して来る、目の上のたんこぶだ」

「はい」

「これからも頼むぞ、秀次」

「お役に立てるように精進《しょうじん》いたします」とかしこまって言う秀次を見て
「ホントに真面目な奴だな」とまた笑う秀吉。


秀吉との話が終わって帰ろうとする秀次に三成がそっと
「秀次殿、少し淀殿がお話ししたいことがあるとのこと。もしよろしければ少しお時間を頂けないかと」

「淀殿が?何のお話でございましょうか?」

「それは直接淀殿とお話しくださいませ」

「分かりました」と淀のところへ行く秀次。

「秀次さま、お呼び立てして申し訳ございません。秀次さまにお願いしたいことがございまして・・」

「どのようなご用件で？」

「実は、秀吉さまが・・」

「秀吉さまが？」

「異国との付き合い方について頭を悩まされているようなのでございます」

「異国との付き合い方？」

「はい、これからは異国との付き合いが大切になってくると。しかし、キリスト教について秀吉さまはよく分からないと、異国の方々はキリスト教をとても信じていらっしゃいますので、キリスト教のことが分からないとどうお付き合いしていいか分からないと、おっしゃっていらっしゃいました。ただ、秀吉さまご自身で宣教師の方々にお会いするのはまだ早い、情報が少な過ぎて何かを交渉《こうしょう》するにもこちらには不利である、とも」

「キリスト教でございますか・・」

「そこで私がお役に立てればと思いキリスト教とはどういうものかをお調べしようと思いましたが、悲しいかな、私は女の身でございます。差《さ》し出《で》がましくキリスト教の宣教師の方々にお会いすることは憚《はばか》られ・・」

「秀吉さまが情報が欲しいと・・」

「はい、そうおっしゃっておられました」

「そうですか・・」

「もし秀次さまがキリスト教の宣教師の方々とお近づきになり、キリスト教のことを学ばれ秀吉さまにそれをお伝えなされば秀吉さまは大層《たいそう》お喜びになられると思います」

「分かりました、秀吉さまがその情報を必要とされるのであれば喜んでお引き受けいたしましょう。秀吉さまのお役に立てることは私の誇りでございます」

「ありがとうございます。ただ」

「ただ？」

「宣教師にお会いになられるのは、どなたにも内緒《ないしょ》になさってくださいませ」

「なぜでございましょう？」

「秀吉さまの驚くお顔を拝見しとうございますゆえ」

「驚くお顔でございますか？」

「はい、秀次さまが秀吉さまの欲しがっている情報を持っていらっしゃると知れば、きっと驚かれるに違いありません。そしてとても喜ばれると思います。思いがけない贈物《おくりもの》は本当に嬉しいものでございます・・」

と驚きながら喜ぶ秀吉の顔を想像しているかのようにクスクスと笑う淀を見て自分も嬉しくなって来る秀次。

「分かりました、では、ひっそりとお調べいたしましょう」と淀の案に賛成する。

「この贈物を差し上げれば、きっとまた秀吉さまの秀次さまへの覚えもめでたくなるも必至《ひっし》でございます」

「ありがとうございます。良いことを教えていただき感謝いたします」

と帰っていく秀次の後ろ姿を見ながら淀は、三成と顔を見合わせ笑う。


秀次は、それから何人もの宣教師達に会い交流を深めていったのである。

秀次の動向をしばらく陰から見ていた淀と三成であった。
その三カ月後、機は熟したと見た三成が動く。
五奉行との会議が終わり皆が帰った後に三成が
「殿、少しお耳に入れたいことが・・」と秀吉に話しかける。

「なんだ?」

「は、実は関白秀次さまのことでちょっと・・」

「秀次のこと?」

「はい、少しよからぬ噂を耳にいたしまして・・」

「よからぬ噂?」

「は、最近キリスト教の宣教師達とずいぶん深い交流をお持ちのようで・・」

「秀次が?なぜ、キリスト教の宣教師などと?」

「さぁ、関白さまのご意向は私には分かりかねますが・・

しかし、私にもこのところ宣教師どもについての悪い噂が耳に入ってきておりますので、
少し心配になり殿のお耳にもお入れしておいた方がいいかと・・」

「キリスト教の宣教師の目的については聞いておる。宣教師達は間者だと」

「間者でございますか?」

「そうだ、布教のふりをしながら間者として国中を歩き情報を母国《ぼこく》へ流していると、
その手であちこちの国が侵略されていると聞いた」

「そういうことでございましたか。殿が異国の者やキリスト教の宣教師を良く思っていらっしゃらないとは感じておりましたが、まさかそのようなことがあったとは・・」

「ゆくゆくは宣教師を排除し異国との交流も制限するつもりだ」

これは良い情報を聞いたと下を向きほくそ笑む。

「だから宣教師達には護衛をつけておるが、秀次が接触《せっしょく》したという話は入っては来ないが・・」

「それは、関白の職を利用してこっそりとお会いになっていらっしゃるようで・・」

「こっそりと？」

「護衛達も関白さまがお会いになるのでしたら何もないと思いご報告をしなかったのではないかと・・」

「そうかもしれぬな・・しかし、なぜこっそりと会わねばならぬ？訳が分からぬ、秀次にも何か理由があるのだろう。分かった、俺が直接秀次に聞いてみよう」

と言う秀吉の言葉を聞き、急ぎ淀のところへ馳せ参じる三成であった。


「秀吉さまが言っておられたのは、そういうことでございましたか。ならば秀次に宣教師と会わせたのは正解でしたね。しかし、直接秀次に聞かれてしまっては・・秀次は正直に私から頼まれたと言ってしまうでしょう・・どうしましょう、三成さま・・」

「手は打ちました」

「どのように？」

「秀次さまが殿にお会いになるのはまだ先のこと。それまでに秀次さまがキリスト教の宣教師達と組んで謀反を起こそうとしていると噂を流すのです」

「謀反の噂を？」

「殿がキリスト教の宣教師達を排除しようとしている、宣教師達と仲の良い秀次さまはそれを良く思っていない。だから、宣教師を守るために謀反を企《たくら》んでいるとの噂を立てればさすがに殿もお怒りになるのでは？」

「大丈夫でしょうか？もし私達が陰で秀次を動かしたということがばれてしまったらお終いです」

「大丈夫です。秀次さまを殿に会わせなければいいのです。会わせなければ私達のことをしゃべることもできません」

「会わせないようにするのですね」

「では急ぎ間者達に噂を流させましょう」と淀のもとを去る。

三成が間者を使いあちこちに広めていった噂はたちまち秀吉の耳にも入ることになった。

「三成はいるか？」

「はい」

「どういうことだ?この噂は本当か?」

「私の耳にも入ってまいりました。まさか謀反を起こそうとなさっておられたとは・・」

「宣教師を護衛していた者を呼べ」と家臣に命じる。護衛についていたものが何人か走って来る。

「殿、お呼びでございますか?」

「今日は宣教師達はどうしている?」

「は、別の者がついております」

「毎日ちゃんとついておるのだな?」

「は、」

「では、聞く」

「は、」

「秀次が宣教師と会っておったということは?」

「は、何度か」

「本当か?」

「は、」

「なぜこちらに報告せん?」

「は、関白さまが誰にも申すなとおっしゃられたので・・」

「誰にも言うなと？」

「は、」

「ふざけるな」と突然怒鳴る秀吉。何を叱られているのか分からずただ驚くだけの護衛。

「関白とこの秀吉、どちらの命令を聞くのだ？」とまた怒鳴られ
「申し訳ございません」と床に頭をこすりつけるようにして謝る護衛。

「殿、この者には罪はございません。この者は何も分からずただ関白殿の命令に従っただけでございます」と三成が助け舟を出す。

「もういい、下がれ」と護衛に命じるが、怒りでブルブルと震える秀吉。

「とにかく秀次を呼べ」と三成に命じるが
「殿、お言葉でございますが、護衛にまで口封じをしていた関白殿、これは確信犯《かくしんはん》でございます。お会いになっても本当のことはお話しにならないと思います」

「なぜだ？」

「権力が欲しくなられたのではないかと？」

「権力だと？」

「宣教師はさすがにございます。宣教師の口車《くちぐるま》にまんまと嵌《は》められ、自分も権力を持ってこの国を

好きに動かしたいと思われたのではありませんか？関白殿に権力が移れば宣教師の思いのまま、侵略もしやすくなるというもの」

「許さん！宣教師ども、何があっても許さん！それにまんまと嵌められた秀次も絶対に許さん！すぐに蟄居《ちっきょ》させせろ！後の処分は追って命ずる」と三成達家臣に命じる。

聚楽第にいた秀次のもとに石田三成、前田玄以、増田長盛の三人がやって来る。たくさんの兵を連れた三人を見て尋常《じんじょう》ならぬ雰囲気《ふんいき》を察した秀次の家臣が走って来る。

「何事ですか？騒がしいですね」と悠長に語りかける秀次に

「大変でございます」

「何が？」

「秀吉さまのお使いとおっしゃられる方々が・・」

と話をしているところにドヤドヤと踏み込んで来る三成達。

「いったい何事でございますか？」と聞く秀次の顔の前に

「豊臣秀吉さまからの命にございます。神妙《しんみょう》にお受けなされ」と言いながら一枚の紙を広げる。

――――豊臣秀次、清洲城に蟄居を申し付ける。豊臣秀吉――――


「これは・・なぜ私が蟄居など・・」

「ご自分の胸に手を当てお考えなさい」

「私には何も身に覚えがございません。何かの間違いでございます。どうか一度秀吉さまに・・」

「蟄居の後は追ってご沙汰《さた》がございましょう」と言いながら縄《なわ》で秀次を縛《しば》りはじめる。

「分かりません、なぜこのような」と叫びながら抵抗する秀次だったが、何人もの男達に押さえつけられあっという間に縛り上げられてしまった。

「なにとぞ、私の話を・・秀吉さまに会わせてくださいませ、何かの間違いでございます。お願いでございます」と叫び続けるが誰も聞く耳を持たない。

そのまま清洲城まで連れて来られた秀次は
「お願いでございます。せめて何の罪状かだけでもお教えいただきたい」と三成達に乞《こ》う。

「謀反の件でございます」

「謀反？この私が？」

「秀吉さまに謀反を起こそうとした罪にございます」

「ちょっとお待ちくださいませ。私がなぜに謀反など。まったくの出鱈目《でたらめ》でございます。秀吉さまにちゃんとお話しいたしますので、どうか秀吉さまにおつなぎくださいませ」

それを聞き前田玄以が

「キリスト教の宣教師と組み、殿に謀反を起こそうなど言語道断《ごんごどうだん》！恥を知りなされ」と一喝する。

「宣教師と組んで？私が？謀反？分かりません、まったく何をおっしゃっているのか分かりません」

「宣教師達とずいぶん懇意《こんい》になさっていたではございませんか？」と言う言葉に

「それは淀殿が、淀殿が秀吉さまのためにと」と叫ぶ秀次の言葉をさえぎるように

「お見苦しいですぞ、秀次さま、今度は淀殿のせいになさるのか？」と三成が一喝する。

「それは三成殿もご存じではありませんか？」と三成に向かって叫ぶと

「今度は私でございますか？関白殿はご乱心召《らんしんめ》されたようじゃ」と吐き捨てるように言う。そして、秀次を閉じ込めた牢の番人に

「頼んだぞ、ご沙汰が出るまで生かしておけ」と命じてその場を去る一同。檻《おり》の中から

「お願いでございます。秀吉さまに一度、一度だけでも・・」

と叫ぶ秀次の声がずっと聞こえて来る。

それから一週間後、秀次は切腹の沙汰を受け高野山《こうやさん》にて生涯《しょうがい》を終えたのである。ただ、謀反を一緒に起こそうとしたとされる宣教師達には、まだ事を起こすのは得策ではないという秀吉の判断によりお咎《とが》めはなかった。


利休に引き続き、信じていた秀次にまで裏切られたと思った秀吉はひどく落ち込んでいた。

「秀吉さま、元気をお出しくださいませ」と淀が言うが
「俺は誰を、何を信じたらいい？」と弱音《よわね》を吐く。

「秀吉さま、淀がおそばにおります。淀は何があっても秀吉さまと一緒におります」

「ありがとう、淀、そうだな、淀がいてくれる」

「私だけではございません、拾もおります。あなたの血を受け継いだ拾がおります」

「拾か・・」

「拾だけがあなたのお子、一番のあなたの味方でございます」

「味方？」

「はい、子どもは何があっても親の味方、やはり信用出来るのは身内だけでございます」

「そうかもしれんな」

「ですから、もう秀次のようなことがないようにどうぞ拾を後継ぎと認めてくださいませ」

と秀吉の手を取り淀はまっすぐに秀吉の目を見る。


伏見城に五大老をはじめとする大勢の大名が呼ばれた。

「何事でございますかな？」

「徳川殿は何かお聞きになっていらっしゃいますか？」

「いえ何も存じません」と囁《ささや》き合う大名達。

「殿がお越しになられます」という前触れの言葉に一斉にひれ伏し秀吉を待つ一同。そこへニコニコしながらやって来る秀吉。後ろには、よちよち歩きの拾と手をつないだ淀がつき従っていた。

「皆さま、顔をお上げください」と言う秀吉の声に皆は顔を上げる。

上座《かみざ》には秀吉、拾、淀の姿があった。その三人を見て苦い顔をする家康。

「皆さまには遠路《えんろ》お越しいただきありがとうございます。さて、本日お越しいただいたのはほかでもない、この拾のことでございます。本日より拾は豊臣秀頼と名を改めさせていただきます。そして、この秀吉の世継ぎとして、次代の豊臣家の頭領といたします。つきましては、皆さま方に秀頼を頭領と認め、忠誠を誓う誓約書をお書きいただきたく、お越しいただだいた次第でございます。まだ幼い秀頼でございますが、どうぞ皆さまのお力をお貸しいただきたく存じます」

という言葉とともに誓約書を家臣に手渡す。家臣はまず家康に誓約書を持って行く。大名達の視線が家康に集まる。大名達は、家康がどうするかを見ているのである。誓約書を受け取った家康は、秀吉の顔をじっと見つめる。秀吉も家康の顔をじっと見つめる。しばらく見つめ合っていた二人だったが秀吉が

「徳川殿、どうぞ秀頼の後見人としてお力添《ちからぞ》えをお願いいたします」

と口を開く。大名達の前でここまで言われてしまえば家康ももう何も言うことが出来ない。仕方なく手に持っていた誓約書に血判《けっぱん》を押すしかなかった。家康が血判を押したのを機に他の大名達も次々に血判を押して行った。秀吉の横に座っている淀は勝ち誇ったような笑顔を見せていた。

信州の信長の家。信長、家康、濃姫、ねね、天海が集まっている。

「秀吉殿は、やり方が汚い・・」とグチを言う家康。

「あいつは策士だからな」と信長。

「申し訳ございません」と皆に謝るねね。

「いや、ねねさんが謝る必要はない」と信長は言うが
「しかし、今までの皆さまの苦労が水の泡に・・」と下を向いてしまうねね。
「私がついていながらこんなことになってしまって、どうお詫《わ》びをしていいか・・」
「力の元がやはり急所になってしまったか・・」
と信長がため息をつく、が、気を取り直したように
「でも、政治はよくやってる。それは本当に見上げたものだ。国もずいぶん落ち着いて平和になって来ている、そこは秀吉に任せて良かったと思ってる。だからねねさん、大丈夫だよ」
と力づけるように言う。
「懸念《けねん》は秀頼のことだけですね・・」と濃姫が言うと
「それよりも淀殿です」と家康が言う。
「淀殿?淀殿がどうして?」
「秀頼が生まれてからずいぶん政治にも口を挟むようになって来ています。このままですと、淀殿の影響でどうなるか?ずいぶん権力志向《けんりょくしこう》の強いお方ですから」
という言葉に
「きっと浅井の家臣達に家の再興を言い含められて育ったんだろう。大きな荷物を背負わされているんだろう。かわいそうに。ねねさんは、秀吉とは?」

「まったくにございます。秀吉さまは私から逃げ回るばかりで・・」

「困った奴だな、一番大切にしなければいけないねねさんを・・」

「本当でございますよ」と濃姫が言うと、家康も天海も大きく頷く。

「ま、仕方ない、これから秀吉がどうしようと秀吉が決めることだ」

「信長さま、そんな悠長なことを。このままだと秀吉さまは秀頼に継がせてしまいますよ。あなたが一番懸念していた世襲制《せしゅうせい》がまた始まってしまいます。そうなったらまた戦国の世に逆戻りになります。何のために本能寺で光秀が世間に汚名《おめい》を着せられてまで、あんな大芝居を打ったのか・・」

「濃姫、私は大丈夫ですから」と天海が言うが濃姫は気が収まらない。

「濃姫、ごめん、濃姫の気持ちは分かる。濃姫だけじゃなく、家康殿も天海殿も、ねねさんは特にいろんな思いがあるだろう。だけど、俺は秀吉を信じて、すべて秀吉に任せた。任せた以上見ているほかはない。それが任せるということだと思う」

と言う信長の言葉に濃姫は唇《くちびる》を噛み悔しそうにしているが何も言えなくなる。

「人生は賭《か》けだ。絶対に大丈夫ということは何一つない。だろ?」とみんなの顔を見る。

「あとは秀吉に任せよう。俺達に出来ることはない」と力なく笑う。

秀頼の後継ぎ問題も片付き一見何もないように思える日が続いていたが、秀吉の中には異人と宣教師への怒りがふつふつと溜《た》まっていた。どうすれば異国の干渉とキリスト教の宣教師を排除できるか、ずっと考えていた。

秀次の切腹から約一年がたった頃に事件は起きた。

土佐国《とさのくに》にスペインのサン＝フェリペ号が漂着《ひょうちゃく》したのである。フィリピンのマニラから出航しスペインに帰る途中のサン＝フェリペ号は、東シナ海で台風に巻き込まれ大きな損傷《そんしょう》を受け船員達は、命からがら日本の土佐国に流れ着いたのである。

このことが大きな事件へと発展していった。

土佐国の人々は、異国の船であったが同じ人間として満身創痍《まんしんそうい》の船員達を見過ごすことが出来ず、彼らを保護し客人《きゃくじん》として手厚くもてなしたのにもかかわらず、サン＝フェリペ号の船員達のふるまいは実に不遜なものであった。その頃のスペインは強大でありアジアで複数の国を占領地《せんりょうち》化《か》していたので、スペインの船員達はアジア人を皆奴隷《どれい》のように考えていたのである。

土佐国の人々の丁重なもてなしも占領地の奴隷ならば当たり前だと思い、奴隷を扱う主人のようにふるまった。それは誇りを重んじる土佐国の人には我慢ならないものであった。船に乗せていた荷物を持ってくるように命じ、荷物の扱い方が悪いと言ってはムチで殴る。酷い時には荷物の中身に触ったとして腕を切り落とすということまでしたのである。

それは武士に対しても変わらなかったので、武士と船員の間は、いつ何が起きてもおかしくない一触即発《いっしょくそくはつ》の状態になっていた。そうしたスペイン人の傍若無人《ぼうじゃくぶじん》なふるまいが秀吉の耳にも届いた。

「助けてもらっておきながら・・恩知らずめが・・」と怒りに震える秀吉。

「スペイン人を全員ひっとらえて首をはねろ」と家臣に命じる。

「しかし、相手は強大な国、アジアにもたくさんの占領地を持っております。その国の人間の首をはねるということはスペインに戦を仕掛けるのと同じ。ここは我慢して早く彼《か》の国へ帰してしまうのが得策かと」

「そのような腰抜《こしぬ》けのような態度を取れば相手になめられ、占領出来ると思わせてしまう」

「しかし、あの国は強うございます。船員達も自分達の国が本気になれば、この国などあっという間に占領出来ると申しております」

「船員ごときがふざけやがって、許さん、ここは何があっても引いてはならん。ひっとらえて首をはねろ」ときつく命じる。

スペイン船の船員達に打ち首の命令が出たことを知った宣教師達は、すぐに秀吉のところへ抗議《こうぎ》にやってきた。

「船員を処刑するなどもってのほかでございます」

「なぜでございますかな」

「異国には異国の作法がございます。作法が違うからと一方的に処刑するなど許されることではございません」

「笑止《しょうし》、この国はあなた方の占領地ではござらん。異国の作法はこの国では通用しない。この地での無礼なふるまいは絶対に許さぬ。あくまでもこの地の人間に無礼なふるまいをするというのならば、それが許されると申すのならば、この豊臣秀吉いくらでもお相手いたしましょう」

「そんなことになったら戦になります、それでもよろしいのでしょうか」

と宣教師達が脅すが
「占領地となり奴隷のように扱われるならば、誇り高いこの国の者は、最後の一人になるまで戦いましょう。何があってもあなた達に屈することはない」とすごむ。

あまりの剣幕に少しひるんだ宣教師が
「戦をすることは神は喜ばれません」と胸の前で十字を切ると
「おだまりなさい。つまらない芝居はもういい。あなた方の神は戦が大層お好きだと聞いておりますが？」と不敵な笑みを見せる。

「なんと、神が戦を好まれるなど、神に対する冒涜《ぼうとく》でございます。われらの神にお謝りいただきたい」

「これはこれは、私が何も知らないとお思いですかな?私もずいぶんとなめられたものだ」

「何を知っていると・・」

「宣教師、お前らが間者だということをな」

「間者?」

「そうだ、お前らの言葉では確かスパイとかいうのであったな・・」

「そのようなことは・・」

「お前達が宣教師という仮面をつけ国を調べ、その国の人間をお前らのキリスト教に引き入れ洗脳し、洗脳された人間を使い国の中から崩し、そして最後に武力でもってその国を制圧し侵略するのが手だとな」

「・・・・」

「アジアの国々はそうやってどんどん占領されていった。どうだ?違うか?違うなら違うということをここで申し開きしてみろ」

「神の怒りに触れますぞ」

「かまわん。神がいるというなら天罰でもなんでも落としてみろ・・異国の人間がこれ以上この国にいることは許さん、穏便《おんびん》に話をしているうちにこの国から出ていけ」と怒鳴る。

この後すぐに秀吉は禁教令《きんきょうれい》を出し、キリスト教を禁止したのである。が、イエズス会の宣教師はすぐに帰国したが、フランシスコ会の宣教師三人と修道士三人は帰国することを拒《こば》んだため、この三人について布教をしていた日本人二十人を含め二十六人を禁教令に背いたかどで長崎にて処刑した。家臣らは秀吉に厳し過ぎるのではと進言したが、今後の異国との付き合い、キリスト教に対する日本の姿勢をはっきりと見せつけるため、あえて厳しく処した。これが二十六聖人の殉《じゅん》教《きょう》と呼ばれている出来事の顛末である。

イエズス会では秀吉に対して報復するべきだという意見も出たが、信長に宣教師の目的などを話したルイス・フロイスの日本は他の諸国とは違う、報復するのは得策ではないという助言により何事もなく収まった。

第九章

太閤《たいこう》秀吉

大坂城のねねのもとに秀吉がひょっこりと訪ねて来る。

「秀吉さま」

「ねね、久しぶりだな」

「本当に、今日はどうなさったのですか?ここに来られるなどお珍《めずら》しい」

「なんだかな、この城とねねに会いたくなってな」

「城と私は一緒ですか?」

「城もねねも一緒だ。俺の原点だ」

「なんだか気持ち悪いですね」と笑うねねに
「やっぱりここは落ち着くなぁ〜」と言って大きく息をする秀吉。

「ずいぶんお疲れのようですが大丈夫ですか?」

「ああ、このところ忙しくてちょっと疲れた。宣教師の一件はなかなかきつかった」

「家臣から聞きましたが、宣教師に向かって大きく見得《みえ》を切ったそうで」

「そうそう、この豊臣秀吉、いくらでもお相手いたしましょう。神がいるというなら天罰でもなんでも落としてみろ」とその時の真似《まね》をしてみせる。笑うねね。

「相変わらずですね」

「しかし、ねねは何でも知ってるんだな」

「はい、家臣達があなたのことをいろいろ教えてくれますので」

「怖いな」と秀吉は肩をすぼめる。

「でも、あの件で信長さまが心配していらしたキリスト教の排除は上手く行きましたね」

「もう少しゆっくりと、と思っていたんだけど、もう我慢できなかった」

「ホントに気が短いのですから、ま、あなたにしたらここまでよく我慢なさいましたよ」と笑う。

せき込む秀吉。

「お風邪《かぜ》ですか？」

「このところ咳《せき》が止まらなくて・・もう長くないかもな」と言う秀吉の背中をバンッと叩いて「何を不吉なことを・・怒りますよ」と真剣な顔で秀吉を見つめるねね。

「痛いなぁ～、冗談だよ。本気にするなよ。俺はまだやらなきゃいけないことがあるんだから死んでる場合じゃない、まだまだ生きるよ」

「そうでございますよ。あなたはまだまだやらなければいけないことがあるのですから、冗談でもそんなことを言うものじゃありません」

「はい」

「お分かりならよろしい」と言うねねに
「あ～、ねねだ」とほっとした声を出す秀吉に

「はい、ねねでございます」と二人顔を見合わせ笑う。

「琉球のこともまだ終わってないし、まだ忙しい日は続くな」

「ご苦労さまにございます」

「今日は暖かいな」

「はい、風の中にも春の匂いが感じられます」

「土の匂いもする。懐かしいな」

「本当に今日はどうなさったのですか？」

「いや、何でもない。なぁ、春になったら花見しないか？」

「花見ですか？」

「みんなで花見をしよう」

「それはよろしいですね。皆も喜びます」

「ねねも来てくれるか？」

「はい、もちろん」

「ならば張り切って用意をしなければいけないな」と元気になる秀吉。

「楽しみにしております」

伏見城に戻った秀吉は三成に「花見の準備をしてくれ」と命じる。

「花見でございますか？」

「家臣達を大勢呼んで皆で花見をするんだ」

「いつにいたしましょうか？」

「桜が満開になる頃がいいな」

「この伏見城には桜はあまりございませんが」

「桜がたくさん咲いているところがいいな」

「お調べしておきます」

「ああ、頼む」


部屋で横になっている秀吉。そこへ淀が嬉しそうにやって来る。

「秀吉さま、お花見をするとお聞きしましたが・・」

「淀も早耳だな」

「はい、三成さまからお聞きしました」

「そうか」

「私も三成さまのお手伝いをしてもよろしいですか？」

「手伝い？」

「はい、女達も呼ばれると」

「そうだな、侍女達や家臣の女房達も呼ぼうと思う」

「ならば尚のこと私もお手伝いしとうございます。女達を招待するとなれば女にしか分からないこともございますので」

「そうだな、ならば、三成を手伝ってやってくれ」と言いながら咳をする秀吉。

「いかがなさいました？お風邪ですか？」

「大丈夫だ。ちょっと疲れたから横になっているだけだ」

「そうでございますか？お大事になさってくださいませ。では私はさっそく、三成さまと花見のことを相談してまいります」とそそくさと部屋を出ていく。


京都の醍醐寺《だいごじ》、七百本もの桜の木が満開に咲き誇っている。その下では下働きの者達がこれから始まる宴《うたげ》の用意に忙しく立ち働いていた。下働きの者達に細かく指示を出す淀。

「淀、もういいではないか、あの者達に任せておけ」

「そうはいきません。何か無作法《ぶさほう》でもありましたら恥をかかれるのは秀吉さまにございますゆえ」

「大丈夫だ、今日来るのは身内も同然の者達、そうかしこまるな」と秀吉が話しているそばから
「そこの者、そうではない。何度言えば分かる」と厳しい声で侍女を叱る。

淀の叱責《しっせき》に下働きの者達はピリピリとしていた。

そこへねねがやって来る。

ねねの姿を見て侍女達がホッとするのが分かる。秀吉もホッとした表情になる。

「ねね、よく来てくれたな」

「はい、なんときれいな桜でしょう」と桜をゆったりと見る。

そこへ淀がいそいそとやって来て
「ねねさま、よくお越しくださいました」と頭を下げる。

「ありがとうございます。いろいろお疲れさまでございます」と返すねね。

「いいえ、お客さまをつつがなくお迎えするのが私の役目にございますので」

という淀の言葉を聞き、少し離れた侍女達が
「何?あれ?ねねさまを差し置いて自分が女主人になったつもりでいるよ」

「ほんとうに、あきれるね」とコソコソと話をしている。次から次へと来る客人を笑顔で出迎える
淀。何をしていいか分からないねねに

「こっちに」と自分の隣の席をポンポンと叩きながらねねに声をかける秀吉。
秀吉とねねが並んで座っているところに招待された者達が次々に
「殿、本日はありがとうございます」と挨拶に来る。隣に座っているねねにも親しげに挨拶をする。
「ねねさま、お久しゅうございます」
「本当にお久しゅうございます。今日はどうぞ、ごゆっくりお寛《くつろ》ぎくださいませ」
と返す言葉を聞き、急いで淀もねねと反対の席に座る。秀吉をまん中にしてねねと淀が座っているため、どちらに先に挨拶をしていいか困る者達もいた。そこに家康が来て、秀吉に挨拶をした後にねねに向かって親しげに
「ねねさま、ご無沙汰しております」
「家康さまにはお変わりなく？」
「はい、いたって元気でございます」
「今日はよくお越しくださいました。どうぞごゆっくりなさってくださいね」と話をしていると
「家康さま、よくお越しくださいました」と淀が声をかけて来る。
家康は淀をちょっと見て
「ありがとうございます」と軽く頭を下げる。苦い顔をする秀吉。三成がそこへやって来て
「皆さまお揃いになられました」と声をかける。

立ち上がる秀吉の目には、大名をはじめ主だった家臣とその女房達が見える。総勢千三百人の大宴会である。

「皆さま、よくお越しくだされた。本日は花見の席、無礼講《ぶれいこう》でどうぞゆっくりお寛ぎくださいませ」と大きな声で挨拶をすると同時に歓声がわき起こる。まずは三成から秀吉に酒が注がれそれを飲み干し、次に秀吉がねねに酒を注ごうとしたその時、

「秀吉さま、私が先にいただきたく存じます」

と淀が秀吉の前に盃《さかずき》をさしだしたのである。どよめく一同。正妻を差し置いて側室が自分の方が先だと言ったのである。驚いた家臣達、世の常では考えられないことであった。秀吉もびっくりした顔で淀を見ている。一同も驚いた顔で淀を見ている。次に一同の目は秀吉に移る。秀吉がどうするのか？皆の目が秀吉に釘づけになる。

「私は世継ぎの母でございます」

とはっきりとした声で皆に聞こえるように淀が言う。

またもやどよめきが聞こえ一同の目は淀へ・・

「そうでございましょう？ねねさま」とねねに言うと、今度は一同の目はねねに移る。

さすがに驚いた顔をしていたねねだったが、即座に笑顔を取り戻し、

「どうぞお先に」

と手を差し出す。勝ち誇ったように盃を秀吉の前に出す淀。淀と秀吉を同時に見る皆の目を感じながらも、淀の盃を見ず秀吉は

「さ、」とねねに銚子《ちょうし》を差し出す。戸惑っているねねにもう一度

「さ、」と銚子を差し出す。

「はい」とねねが出した盃に酒を注ぐ秀吉。酒を飲み干すねねを見てにっこりと笑う。気に入らないのは淀である。淀の顔を見て一同の緊張感が頂点に達した頃

「秀吉さま」ときつい声をかける淀に秀吉が向き直り

「淀、立場をわきまえなさい」とピシッと言い聞かせる。

秀吉のひと言に何も言えず顔を真っ赤にして怒りを抑えている淀に

「さ、」と秀吉は銚子を差し出す。悔しいが仕方なく差し出す淀の盃に酒を注ぐ秀吉。飲み干す淀。それを見た大名や家臣達に安堵の表情が浮かぶ。

「さ、皆さま、どうぞお召し上がりください」

と秀吉が言うなり、皆が酒を飲んだり、料理を食べながら話をしはじめる。

「しかし驚きました。どうなるかと思いました」

「本当に、ちょっと肝《きも》が冷えました」

「よく殿もお叱りくださった。これ以上、淀殿に大きな顔をされてはもう我慢なりませんよ」

「さすがの殿も家臣の手前、あれはまずいと思われたのでしょう」

「このまま大人しくしていてもらえないものでしょうか？」

「そう願いたいものですね」とコソコソと話をする者もいた。

その者達の話を家康は困った顔で聞いていた。懐かしい顔を見つけると立ってその者のところへ行き話をするねね。だが、秀吉は動かずずっと座ったままで、挨拶に来た者だけと話をしていた。

そして、時々苦しそうにせき込む秀吉の姿を見て、そっと家康がねねに話しかける。

「秀吉殿はどこかお加減《かげん》がお悪いのですか？」

「少し前から咳が止まらないと・・」

「あのお方が座ったままで話をされるというのはちょっと心配ですね」

「はい、本人は疲れただけだというのですが・・」

「お疲れももちろんあると思いますが、医者に診《み》ていただいた方がよろしいのではないですか？」

「医者には診てもらったが何も悪いところはないと言われたと・・」

「そうですか、ならばいいのですが・・」

「ご心配いただきありがとうございます・・信長さま、濃姫さまはお変わりなく？

最近はあまりお伺いすることが出来ず失礼しております」

「私もあまり伺えず、でも時々鳩が参りますので、お元気だと思います」

「鳩が?それは楽しそうですね」

「はい、短い文で書かれるので何をお伝えになっているのか分からず、謎解《なぞと》きのようです」

「信長さまらしいですね」と二人で笑い合う。


醍醐寺での花見も大事なく終わり、それからしばらくして秀吉は床《とこ》に伏せることが多くなった。淀が常にそばにいるため、ねねはなかなか秀吉に会いに行くことが出来ず、秀吉の容態《ようだい》を家臣から聞くしかなく気をもむ日々が続いたある日、

「ねねさま、秀吉さまがお呼びでございます。すぐに伏見城へ・・」

「秀吉さまが?秀吉さまに何かあったのですか?」

「いえ、ただねねさまにお会いしたいとだけ・・」

「分かりました」とすぐに伏見城へ向かう道すがら
「秀吉さま、大丈夫でございますよね」と不吉な予感を振り払うように何度も頭を振る。

伏見城に着き急いで秀吉のところへ向かうねね。秀吉のところへ行くと秀吉は床から上半身を起

こし笑っていた。

「よう、ねね、来てくれたか」

「秀吉さま、突然お呼びになられるから何事かと思いました。そのように起きられて大丈夫なのですか？」

「今日は気分が良い。たまにはねねの顔を見ないと元気が出なくてな」

「またそのようなことを・・ご気分がよろしくて良かったです」

と秀吉とねねが話をしているのを淀が面白くないという顔つきで見ている。

「淀、少し外《はず》してくれないか」

「なぜでございます？私がいると何かお話し出来ないことでもあるのですか？」

「そんなことはない、ただ少し昔話をしたいと思ってな」

「昔話ならば、私にもお聞かせくださいませ」ねねの顔を見る秀吉にねねは頷く。

「最近何だか昔のことをよく思い出すんだ。村に住んでいた喜兵衛《きへい》覚えているか？昨日もあいつが夢に出て来た」

「あなたの家の隣の・・」

「あの喜兵衛にはよく殴られたな」

「そうなのですか？私は反対だと思っておりましたが・・あなたが喜兵衛さんを殴っていつも

ケンカになっていたのだと・・」

「違う、違う、喜兵衛は強くてどんなに挑《いど》んでも、いつも殴られて終わったよ」

「そうなんですか?身体はあなたの方が大きかったのに?でも、考えようによっては喜兵衛さんがいたからあなたが強くなれたんじゃないですか?」

「それもそうだな、イヤな奴だと思っていたが感謝しなければな」

とたわいのない話を続ける二人にいらだち、淀が突然秀頼を連れて来させる。

「殿、秀頼が父上様にお会いしたいと申しております」

「父上さま、お加減はいかがでございますか?」と五歳になる秀頼が秀吉に近づくと
「おお、秀頼」

と腕を差し出す。秀頼を膝の上にのせ、可愛くて仕方がないというように頭を撫で続ける。

「秀頼、ねねさまにご挨拶は?」と言うと秀吉の膝から降り丁寧に
「ねねさま、こんにちは」と頭を下げる。

「おお、賢い子じゃ」と目じりが下がる秀吉。満足そうな淀。

「こんにちは、秀頼さま」と挨拶を返すねねに
「この子が大人になるまで生きていたいなぁ~」と弱音を吐くように言う。

「またそんなことを、縁起《えんぎ》でもございません。おやめください」ときつい声で言うねねの顔を見て

「ねねさま、父上さまを叱らないでください」と秀頼の言葉に皆が笑う。
そこで突然ひどくせき込みはじめる秀吉。ねねが秀吉の背中をさする。淀は秀頼を自分のもとに引き寄せる。背中をさするねねにそっと自分の手のひらを見せる秀吉。手のひらにはべったりと血がついている。驚くねねに小さな声で
「なっ」と囁く。
「秀吉さま」と声を上げようとするねねの背中越しに淀がこちらを見ていないことを確かめ、
「しっ」と口に指をあてる。
「淀には内緒だ」
「しかし・・」と言うねねの頬には涙が幾重《いくえ》にも流れていた。その涙を優しくぬぐいながら
「ねね、ごめん」と謝る。何も言葉を返すことが出来ず
ただ秀吉の手の温もりだけを支えに頷くねね。ねねの背中越しに
「大丈夫でございますか?秀吉さま。医者をお呼びしますか?」と聞く淀に
「大丈夫だ、少し横になれば良くなる」と答え横になる。じっと秀吉を見つめるねねに
「ねね、今日はこの伏見に泊まっていってくれるか?」
「はい」
「ありがとう、ねねがいてくれると安心だ。ちょっと休む」と目をつぶってしまう。

秀吉のそばにいたいと思っていたねねだが
「ねねさま、お疲れでございましょう、お部屋を用意させましたのでどうぞお寛ぎくださいませ」

と淀に言われ仕方なく部屋に行く。

呆然とするねねだが、家康には知らせておいた方がいいと思い文を書き家臣に渡す。

「徳川殿に届けてください」

「は、」

「急ぎでお願いします」

「は、」

皆が寝静まった頃、静かに秀吉の部屋まで行くねね。そっと障子を開け
「秀吉さま」と声をかけると
「ねねか」と返事が返って来てホッとする。
「大丈夫でございますか?」
「ああ、生きてる」

「またそんなことを」

「こっちに来てくれ」

「はい」

「家康殿にも会いたいな」

「はい、そうおっしゃると思い先ほど文を」

「ありがとう、さすがだな」

「お気持ちをしっかりお持ちください。病は気からと申します。あなたは気持ちだけで突っ走って来られた方。病などすぐに蹴散らしてしまわれます。そうでございましょう？」

「そうだな、なぁ、ねね」

「はい何でございましょう？」

「信長さまは怒っておいでかな？」

「まぁ、たぶん、少しだけは・・」

「やっぱりな。もう信長さまに合わせる顔がないな・・ま、もう会うことも出来ないと思うが・・」

「そんな気の弱いことを・・でも、信長さまは秀吉さまのことを褒《ほ》めていらっしゃいましたよ。女のこと以外は本当に良くやってるって」と笑う。

「女のこと以外か」と秀吉も力なく笑う。

「ねねも怒っている?・・」

「少しだけ・・」

「少しか・・良かった」

「そこは安心するところではございませんよ」

「すごく怒っていたらどうしようかと思ってたから、安心した」

「まったく、本当に秀吉さまは・・」

「ねね、昔みたいに藤吉郎って呼んでくれないか?」

「・・藤吉郎・・・・死ぬな。おらを残して絶対に死ぬな」とボロボロと涙を流しだすねね。

「ねね、苦労をかけた。でも俺はねねといられて楽しかった」

「おらもだ、藤吉郎、楽しかったよ」

「良かった、お前と一緒にならなければ良かったと言われるかと怖かった」

「ばかだな、藤吉郎は・・」と秀吉の手を握る。しゃべらなくなる秀吉。

「藤吉郎?藤吉郎?」と揺さぶると
「眠い」とひと言言って眠ってしまう秀吉。

「いつもいつもお前は自分勝手だ・・」と言いつつもずっと手を握り眠っている秀吉の顔を見ているねね。夜が明け、人の気配《けはい》がしはじめる頃、急いで自分の部屋に戻る。

しばらく部屋でうつらうつらしていると急に城内があわただしくなって来た。ザワザワした気持ちを抱え秀吉の部屋へ急ぐと淀が涙を流している。秀吉の枕元《まくらもと》には医者が座っている。

「淀殿？」

「秀吉さまが・・」

「どうしました？」と医者の顔を見ると
「今日が山場《やまば》だと思われます」と小さな声で答える。

「そんな・・こんなに急に・・昨日まではそこまで・・」

「かなり前からお悪かったのです。

ただ誰にも言うなと命じられていたため何もお伝えすることが出来ず・・」

横では淀が秀頼を抱きながらただ泣いている。そこへ急ぎ足で近寄って来る足音が聞こえる。

部屋の前に立ち止まり
「徳川でございます。ねねさま、いらっしゃいますか？」と声をかける。

「はい、ここにおります」

「失礼」と障子を開ける家康。

「秀吉殿」と言いながら秀吉に近づく。家康の声を聞きうっすらと目を開け
「家康殿、死ぬ前にお会いしとうございました」

「何を気弱なことを」

「自分の身体は自分が一番よく知っております。もう長くはない」

と小さな声だがはっきりと言い切る秀吉。何も言えない家康に

「家康殿、お世話をかけますが後のことよろしくお願いいたします。

秀頼のことは家康殿にお任せいたします。家康殿の良きようにお計《はか》らいくださいませ」

「は、」

「信長さまにも、秀吉が謝っていたとお伝えください。

信長さまとのお約束を果たせなかったことが心残りで・・」

「いえ、信長さまは・・」

「女以外は・・とおっしゃられたと・・」

「・・・・」

「信長さまにお先にまいりますとお伝え・・」という秀吉の言葉を聞き

「秀吉さま、しっかりなさってくださいませ。信長さまはもうお亡くなりになられていますよ」

と淀が声をかける。ねねと困ったなというように顔を見合わせ

「秀吉殿は少し夢を見られているようで・・」と家康が言った言葉に、意識《いしき》が混乱するほど悪いの

かと思った淀は、

「すぐに家臣達を呼びなさい」と近くにいた侍女に命じる。すぐに待機していた五奉行が三成を先頭にやって来る。

「淀さま、殿は？」

「もう意識が混濁《こんだく》されて、信長さまとお話ししていると思っているみたいです」

「それは・・」と急いで秀吉のもとに駆け寄り
「殿、三成でございます。お分かりでございますか？」

「ああ」

「お気を確かに・・」

「後のことは家康殿に任せた。家康殿に従ってくれ」と囁くような声で話すと目を閉じて眠ってしまった。このあとずっと眠り続け意識が戻らなかった秀吉は数日後、この世を去った。

秀吉の訃報《ふほう》を聞き五大老を含む大名達や家臣達が集まって来た。そして、皆の前で淀が
「秀吉さまはお亡くなりになる前に徳川殿に秀頼のことは頼むと、良きようにお計らいくださいとおっしゃられておりました。それは徳川殿に秀頼の後見人になっていただき、秀頼が成長した暁には徳川殿も秀頼の家臣として、この豊臣家を守り立てていただきたいということに他なりません」

と堂々と宣言した。
「左様でございますね、徳川殿」
と念を押すように聞く。しばらく黙っている家康に代わって三成も
「私も殿から直々《じきじき》にそのようにお聞きいたしました」と詰め寄るように家康に言う。皆の目が家康に注がれる。淀、三成、他の大名の目に見えない圧力に耐えきれず
「は、」と答えてしまう家康。

信州の信長の家。家康、ねね、天海が来ている。

「そうか、秀吉が・・俺より先に死ぬなよ秀吉、な」

「はい」

「ねねさま、ご愁傷《しゅうしょう》さまです。お気をお落としにならないよう・・」

と濃姫が気遣うように言うと
「ありがとうございます。でも最後にしっかりと話が出来ましたので思い残すことはございません」

「秀吉は最後になんて?」

「信長さま、怒っておいでか?と聞いておりました」

「で、ねねさんは?」

「たぶん、少しだけは、と」

「で?」

「信長さまに合わせる顔がないと」

「合わせる顔がないと思っているなら最初からするな、まったく」

「ほんとにでございます。申し訳ございません」とねねが謝る。

「いや、ねねさまに謝ってもらうことではない。

この件に関してはねねさんが一番辛い思いをされたのだから」

「私は大丈夫でございます。お気遣いありがとうございます」

「で、ねねさんはこれからどうしたい?」

「信長さまは?」

「俺がこれから話そうと思っていることは、ねねさんにまた辛い思いをさせてしまうことになってしまうかもしれない」

「分かっております。豊臣を・・・・」

「ねねさんが秀吉の遺志を尊重《そんちょう》したいと思うならば俺は何も言わない」

「家康さまは?どうお考えでございますか?」

「私も信長さまと同じでございます。ねねさまのお気持ちが一番だと・・」

「天海さま?」

「は、私もねねさまのお気持ちを・・」濃姫の顔を見ると濃姫も頷く。

「ありがとうございます。皆さまのお気持ち、本当に嬉しゅうございます。秀吉さまは、秀頼をそれはそれはとても可愛がっておりました。捨が亡くなった後の落ち込みようはそれは大変なものでございました。そしてその後に、秀頼が出来た時の喜びようは何も見えなくなってしまうほどでございました。それを分かっていたのでしょう。俺はバカだと自分でも言っておりました。自分の子が出来るまでは、自分の子にすべてを継がせたいと思う人の気が知れないと。でも、子が出来て初めて親の気持ちが分かった、自分のすべてを継がせたいと思う気持ちが分かったと申しておりました」

「親の気持ちか・・」

「私に子がいなくて良かったと、今本心からそう思います」

ねねが何を言わんとしているのかよく分からない一同。

「もし私に子がいて、秀吉さまがその子を秀頼のように可愛がり、その子にすべてを継がせたいと言い出したら・・私ももしかしたらそれを望んだかもしれません」と下を向いてしまう。

「そうか・・」

その言葉は秀吉の遺志を尊重し、秀頼を豊臣の後継ぎとして世襲をさせるとねねが言っているのだと信長は思った。

「ねねさんがそう言うなら、俺はもう何も言わない」という信長の言葉に皆頷く。

その言葉に顔を上げたねねはしっかりとした声で

「信長さま、どうぞ豊臣を滅ぼしてくださいませ」その発言に驚く一同。

「ねねさん、良いのか?」

「はい」

「秀吉と一緒に作りあげて来た豊臣だぞ?」

「いいえ、豊臣秀吉は秀吉さまの名前ではなく、皆さまの夢の名前でございます。豊臣秀吉は皆さまのお力で天下人になったのでございます。秀吉さまだけでは、とてもとても出来たことではございません。そして、信長さまの夢を一緒に見る、平和な世界を創るお手伝いをするとお約束して後を継がせていただいたのでございます。世襲はしないというお約束もいたしました。そのお約束を守ることが出来なかった秀吉さまには、何も言わせません。豊臣は、このままではだめになります。また今までの侍の世の中に戻ってしまいます。秀吉さまも亡くなる前に後悔していたと思います。だから最後に家康さまにすべてお任せしますと申したのだと思います。ですから、信長さま、どうぞ豊臣を・・」

「家康殿、天海殿、濃姫、夢の続きを始めるか？」緊張した面持ちでそれぞれが頷く。

「ねねさんにはまた辛い思いをさせてしまうが、申し訳ない」と頭を下げる信長に
「私も仲間に入れてくださいませ」と笑いかける。

「そうだった、ねねさんも仲間だ。平和な世の中を一緒に創ろう」

「はい」

「ではこれからどうするか・・だが・・家康殿、頼んでいいか?今度は、家康殿に天下人になってもらうことになる」

「・・はい・・仕方がございませんね。私しかおりませんので」と困った顔で笑う。

「俺も光秀も死んだ人間だからな、人前には出たくても出られない、家康殿にやってもらうしかない」

「はい、分かっております。しかし、私はあまり表に出たくはなかったのですが。

私は補佐で十分だったのですよ。補佐が好きだったんですよ。秀吉殿、勘弁《かんべん》してくださいよ～」

とグチをこぼすと
「家康殿、ねねさまの爪《つめ》の垢《あか》でも煎《せん》じて飲ませましょうか？」と濃姫が怒ったように言う。

「姉さままで・・分かりました、やらせていただきます。覚悟いたしました」

「はい、それでよろしい」

「姉さまはこういう時は本当に怖い」

とまたグチをこぼす。そのやり取りを見ていて信長も天海もねねも緊張がゆるみ笑顔になる。

「ではまず、家康殿の力を大きくしていく」

「力を？」

「そうだ、豊臣の家臣の中で勢力を大きくしていく。そして、豊臣家の家臣達を徳川側につかせる。上手く行けば徳川が豊臣をのみ込めるかもしれない。のみ込むことが出来れば戦をすることなく徳川が豊臣に代わり天下を手中に収めることが出来る」

「豊臣をのみ込む」

「それが一番被害の少ない方法だ。秀頼を徳川の家臣にすればいい」

「そう簡単には・・秀頼の後ろには淀殿が・・」

「淀をどう納得させるかが問題になってくるな」

「そう簡単に納得なさるお方ではございませんが」

「お市の一途《いちず》なところを受け継いでしまったのかなぁ～」と信長が言うと

「信長さまの頑固な血も受け継いでいらっしゃいますから・・」

という家康の言葉に皆が納得した顔になる。

「そりゃ大変だ」

「納得してる場合じゃありませんよ、信長さま」

「だよな、濃姫」

「はい、大変なのは家康さまです。ちゃんとお考えになってください」とピシッと返される。

「あとは・・」と突然天海が口を開く。

「あと?」

「はい、淀殿の後ろには石田三成殿がいらっしゃいます」

「三成か・・」

「あの方は策士でいらっしゃいます。

そして、目的のためには手段を選ばない。特に淀殿の頼みとあらば」

「秀次を排除した時のように、か」

「はい、敵に回すと怖ろしい方でございます」

「天海殿、三成を見ていてくれるか?」

「は、」

「さあ、どうする家康殿?」

「とにかく力をつけていくしかありません。まずは秀頼の後見としての立場を使って発言力をつければ大名達も従ってくれるようになるでしょう」

「そうだな、だんだん力をつけていき、秀頼の後見人というより、徳川家康に仕えているように錯《さっ》覚《かく》させていけば何となく徳川が豊臣をのみ込めるか・・」

「そう簡単に行けばいいですが・・それでは淀殿も三成殿も納得しないでしょうね。必ず秀頼を誇示して来るでしょう。そうなると徳川対淀殿、三成殿という対立関係が出来てしまいます。激しい対立関係になれば戦は避けられなくなってしまいます」

「私は何か出来ませんか？」とねねが言うと
「ねねさまは家臣達にとても慕われておられます、もしよろしければ私の援護《えんご》をしていただければ助かります」

「援護？」

「はい、私が力をつけていけば面白くないと思う方々も出てきます。そのような方々にちょっと取り成していただければ助かります」

「秀吉さまから後のことを託されたのですから・・とか言えばいいのですね？」

「はい、それだけでも風当たりが小さくなり動きやすくなります。お願いしても？」

「もちろんでございます。出来る限り援護をさせていただきます」

「ありがとうございます」

「では、とりあえずこの作戦で行こう」と信長が言うが
「これを作戦と言えるのでしょうか?すべて家康さまに丸投げではございませんか」
と濃姫が呆れる。
「仕方ないじゃないか、俺は表に出られないんだから。出られるなら出たいよ、でも出られないんだから・・」とブツブツ言い出す信長にさらに呆れたように濃姫が
「分かりました、分かりました」と答える。
「これで一応、方針は決まっただろ?これは立派な作戦だよな?だろ、家康殿」
「はい、まぁ、出来る限り兄さまの作戦通りにやってみます」と苦笑いで答える家康。

第十章

関ケ原

秀吉がこの世を去った後も秀吉が作った五大老、五奉行の制度はそのまま残った。秀頼の後見人となった家康は、五大老の筆頭として豊臣の家臣として一番の権力を持った。大老として政治を行ううちに五奉行を含め家臣達は、家康を頼りにするようになっていく。何かにつけて家康にお伺いを立てるようになった。それを見て淀は危機感《ききかん》を感じていた。まだ小さい秀頼を差し置いて家康が権力を持つことで、そのうち秀頼を排除しようとするのではないかと案じたのである。だから事あるたびに家臣達の前で「家康殿は亡き殿のお言いつけをよくお守りくださり、秀頼の後見としてよくやってくださいます」とあくまでも家康は秀頼の後見人であり、豊臣の頭領は秀頼で家康は秀頼の家臣だとふれまわる。五奉行の中で一番力を持っていた三成も面白くはなかった。本来ならば、ずっと秀吉の右腕として手腕を発揮し信頼されていた自分が、秀頼の後見人として指名されると思っていたのである。幼い頃から淀を任されていたのも自分である。それなのになぜ家康に頼んだのかということに合点《がてん》がいかなかった三成は、昔から仲が良かった奉行達や家臣達に家康に対しての不満を口にしていた。

こうして家康が心配していたように家臣の中では、家康派と淀、三成派が出来てきた。家康につくか、淀、三成につくかで家臣達の中にも不穏な空気が流れていた。

大老の中にも家康に対して面白くないと思っていた人物がいた。前田利家である。その利家の気持ちを敏感《びんかん》に察した淀と三成は、利家に
「徳川家康殿が秀頼さまに謀反を起こそうとなさっていらっしゃいます」と注進《ちゅうしん》したのである。

「家康殿が謀反を？」

「はい、秀頼さまの後見人という立場を使って、豊臣の家臣達を我が家臣のように考えはじめた徳川殿は、秀頼さまが邪魔になって来たのです。秀頼さまがいなくなれば、このまま自分が豊臣を好きに出来ると考えておられるようでございます」

「なんと、そんな不忠《ふちゅう》なことを徳川殿が？」

「このところの徳川殿の権勢《けんせい》をご覧いただければお分かりいただけるかと」

「確かにずいぶんお力をお持ちになっておられる。それは感じておった。しかし、秀頼さまを排除するなど、そこまでは・・分かった、家康殿のご本心、この利家が自分で確かめてみる」

「徳川殿が本心など話されるとは思いませんが・・」

「当たり前だ、誰がそんな直接、あなたは謀反を起こす気ですか?·などと聞く阿呆がおるか。それとなく聞き出してみると言っておるのじゃ」

「さすが前田殿。失礼つかまつりました」

「任せておけ、お主の悪いようにはせん」と含みのある言い方をする。


「三成さま、前田さまのそのお言葉、もしかしたら私達の目論見《もくろみ》を？」

「大丈夫でしょう。前田殿も徳川殿を面白くなく思っていらっしゃる。もし我らの目論見をご存じだとしても、ここは我らに乗って来られるはず。前田殿も機を見るに敏《びん》なお方ですから。ご安心なさいませ」

「そうですね、徳川殿を面白く思わない家臣達が増えてきておりますので、情勢は私達の方が有利」

「左様で・・面白くなってまいりました」と不敵に笑う三成。


家康は前田利家から今後のことで相談があるとの文を受け取り、その文をねねに渡す。

利家と家康が大坂城で会う約束をしたその日、利家が会見の部屋で待っていると、家康とねねが入って来る。

「ねねさま」

「前田殿お久しぶりにございます」

「なぜねねさまがここに？」と驚きで、しどろもどろになる利家。

「徳川殿から、お聞きいたしました。何かお困りのことでもございますか？　秀吉さまがお亡くなりになり家臣に何か困りごとでもありましたら、私が秀吉さまに叱られてしまいます。私は秀吉さまに仕えてくれていた皆を自分の子どもと思っております。何かありましたらすぐに私にご相談くださいね」

「は、なんと有り難きお言葉、祝着至極に存じます」と深く頭を下げる。そこに家康が
「で、ご相談とは？」

「あ、いや、ちょっと不穏な噂を耳にいたしたもので」

「噂とは？」

「あくまでも噂でございますが・・徳川殿が秀頼さまを軽《かろ》んじておられると・・」

「私が、秀頼さまを、でございますか？」

「噂にございます。ただ、このような噂が出るのは豊臣の家臣達の士気《しき》にも関わると心配いたし、僭越でございますがお耳にお入れしておいた方がよろしいかと」

「前田殿、ありがとうございます。そこまで豊臣のことをお考えいただき、私も嬉しいです。徳川

殿は一生懸命のあまり誤解《ごかい》をされてしまったのですね。まだお小さい秀頼さまには政治のことは分かりません。ですから徳川殿が先に立って政治をするしかないのですが、それが軽んじているように見えたのかもしれません」

「そうかもしれませんが・・」

「前田殿、前田殿は亡き殿とご一緒にこの豊臣を作られたお方でございます。前田殿がいらっしゃらなければ豊臣もここまでになれたかどうか・・」

「いえ、私はそこまで・・」

「これは私からのお願いでございます。どうか、徳川殿の防波堤《ぼうはてい》になってあげていただけませんか? 徳川殿は秀頼さまの前に立たなければいけないお立場、またこのような誤解を受けることも出て来るでしょう。その時に前田殿に防波堤になっていただければ、豊臣もこれまで以上に栄えるでしょう。どうか、徳川殿と手を結んでこの豊臣を守り立てていってくださいませんか?」

と優しく利家の手を取り頼むねね。

「は、ねねさまのお頼みであればこの前田利家、徳川殿の防波堤となりましょう」

「よく言ってくださいました、亡き殿もきっとお喜びでございましょう。殿の家臣が敵対し合うなどあってはならないこと。どうぞよろしくお願いいたします」と利家に深く頭を下げる。

「は、」

「私も前田殿がお力をお貸し頂けるならば安心して秀頼さまの後見をさせていただくことが出来ます。よろしくお願いいたします」

と家康も深く頭を下げる。二人に頭を下げられ、それ以上何も言えなくなってしまった。


「ねねさま、ありがとうございます」

「いえいえ、あの程度のことならばいつでも」

「しかし、ねねさまも秀吉殿に負けず劣らず策士でございますね。知ってはおりましたが」

「はい、長い間一緒におりましたので」と笑う。

「前田殿がおっしゃっていた噂とは・・」

「そう、きっと三成殿が・・」

「やはりそうですね、秀次さまの時と同じ手口でございますから・・」

「淀殿と三成が動きはじめましたか・・」

「そろそろ外堀《そとぼり》を埋めにいった方がよろしいですかな?」

「そうですね」

「以前秀吉殿と画策《かくさく》した東と西の二つの派閥を作った時の東の大名達は、あの頃とそう変わらず私の方についてくれていますので、西の方、秀吉殿が以前味方につけられた大名達を取り込んでいかなければいけません。西の大名は秀吉殿びいきですので、秀吉殿の遺子《いし》秀頼の世襲を当たり前と思い淀殿と三成殿に加担《かたん》する方々が多いと思いますので、西の方から話をしてみます」

「はい、お願いいたします。何かありましたらすぐにお知らせくださいね、今日のようにお役に立てることもあるかと存じますので・・」

「ありがとうございます。ねねさまがいらしてくださるので鬼に金棒《かなぼう》、本当に心強いです」

「私は金棒ですか?ならば家康さまは、鬼」とコロコロと笑うねね。

「本当に鬼にならねばならないことも出て来るでしょう・・」

と再び覚悟を決める家康であった。


淀と三成は、利家が家康に会って話をしたという情報は得ていた。が、しかしいつまでたっても利家から何も言ってこないことにヤキモキしていた。

「三成さま、前田さまはどうなさったのでしょうか?もしや、徳川殿に我らのことを・・」

「それはないでしょう。もしお話しなさっていたなら徳川殿も黙ってはおられない」

「そうですね、では、もしかしたら我らのことを言わなかったとしても徳川殿の側についたとか・・」

「それは、考えられることではございます。もう前田殿は使えません。他の方を当たりましょう」

と二人が話をしていた数日後、三成は城で利家に会う。

「前田殿」

「石田殿」

「徳川殿は？」

「石田殿、あまり不用意な噂を流されない方がお身のためかと・・」

と凄んだ目で三成を見る。これはあまり良い展開ではないと悟《さと》った三成は
「ご意見有り難く頂戴いたします」と頭を下げそそくさと離れ淀のところへ行く。

「淀殿、やはり前田殿は徳川側についたようでございます」

「なぜ？」

「分かりません。しかし、これ以上何もするなと咎められました」

「前田殿に我らの目論見を知られ、その上徳川についたとなれば動きにくくなります。どういたしましょう？」

「あの言い方だと他のどなたにも我らのことは話してはいないはず・・

しばらく時を置いて様子を見てみましょう。それからまた考えればいいこと」

「はい」
「とにかく徳川を阻止《そし》し我ら側につく者を一人でも多く作らねばなりません。ただ我らには秀頼さまがいらっしゃいます。殿のご遺子である秀頼さまへの忠誠を誓う者も多くいるはず、その者達と早く接触し組むのです」

こうして家康対淀、三成という二つの勢力が出来、お互いそれぞれに大名や有力な家臣を引き入れるために水面下で動きはじめたのである。

家康は、まず東の自分の勢力の大名達を固めるところから始めた。東の大名達は、最初から秀吉には良い感情は持っていなかったが、家康が秀吉に頭を下げたために仕方なく秀吉の家臣になった者達であるため、そう難しくなく引き入れることが出来た。東を固めた家康は、秀吉を昔から慕っていた福島正則《ふくしままさのり》のところへ説得に行く。

「徳川殿、わざわざこのような遠方までお越しいただきまして、いったいどのようなご用件で?」
「単刀直入《たんとうちょくにゅう》にお話しさせていただきます」
「はい」

「私は天下を取りたいと思っております」

「天下を？しかし、秀吉殿には秀頼さまという後継ぎがいらっしゃいます。それは豊臣に謀反を起こすということではございませんか？なんと恐ろしいことを・・」

「謀反ではございません。私は豊臣秀吉という方の家臣ではありましたが、豊臣秀頼の家臣になった覚えはございません」

「しかし、徳川殿は秀頼さまの後見人としてのお役目が・・

それは秀頼さまの家臣ということでございませんか」

「私はずっと待っておりました」

「何をでございますか？」

「天下を取る日を待っておりました。織田信長殿が天下を取る一歩手前で亡くなり、豊臣秀吉殿と信長殿の後継を争いましたが叶わず、秀吉殿の家臣という立場をとっておりましたが、やっと今、私に好機が訪れたのでございます。今やっとです。ずっと待っていた甲斐《かい》がございました。

今なら何もせずに天下を取ることが出来ます」

「何もせずに・・・・」

「はい、秀頼さまの後見人としてそのまま、そのまま豊臣をのみ込もうと思っております」

「のみ込むと？」

「はい」

「しかし、そんなことあの淀殿が黙っているわけがございますまい、淀殿の後ろには石田もおります」

「分かっております。ですから、このように福島殿にお願いに上がっている次第でございます。福島殿が私にお力をお貸しくだされば、私は豊臣の名を使わなくても、徳川家康としての力を持つことが出来ます。たくさんの大名の方々が徳川についてくだされば、そのお力を後ろ盾として秀頼さまも取り込むことが出来ます。立場を逆転することが出来ます。

秀頼さまがお小さい今だからこそ出来ることです。お小さく、私の後見がなければ何も出来ない今だからこそ力を逆転することが出来るのです。秀頼さまが私の家臣の立場になられれば、そのまま私徳川家康は天下を取ることが出来ます。ですから、お力のある福島殿には是非我が方へお願いしたいと思いまいりました」と頭を下げる。

「しかし、秀吉殿を裏切るわけには・・

徳川殿につくとなれば豊臣を裏切ることになります。秀吉さまを裏切ることは、私には・・」

「先ほども申しましたが、私は秀吉殿にお仕えしておりました。あのお方だからこそあの時に頭を下げたのでございます。

でも、私は秀頼さまに頭を下げる気はございません。福島殿もそうではございませんか?豊臣家ではなく秀吉殿にお仕えしていらしたのではございませんか？」

「しかし、秀吉殿は豊臣家の頭領、その豊臣家のご嫡子が秀頼さま。ならば秀吉殿が亡くなられた後は、秀頼さまにお仕えするのが家臣の忠誠ではありませんか？」

「では、福島殿は淀殿に頭を下げられるということでしょうか？」

「淀殿に？」

「そうでございます、秀頼殿はご嫡子、ご嫡子に忠誠を誓うのは百歩譲って良いとしても、私は後ろにいらっしゃる淀殿に頭を下げるのは勘弁させていただきます」

「淀殿に頭を下げることになると」

「はい、あの淀殿でございます。必ずや秀頼殿の前に立たれることでしょう。豊臣家として名前だけは秀頼さまが頭領となりますが実質的には淀殿のものとなります。淀殿の豊臣となります」

「淀殿の豊臣・・」

「福島殿は淀殿にお仕えなさると？」

「いや、それはちょっと・・」

「そして、淀殿の後ろには石田殿がいらっしゃいます。となると実質的には淀殿と石田殿の豊臣家となり、秀吉殿にお仕えしていた者はすべて淀殿と石田殿にお仕えするということになるのです。それでも秀頼さまに忠誠を誓われると？」

「石田か、あの者だけは・・イヤだ。淀殿だけでも面白くない上に石田がいるとなると・・」

「左様でございましょう？」

「分かりました、私は徳川殿につきます。徳川殿、天下をお取りくださいませ。お力をお貸しいたします」

「ありがとうございます。福島殿がお力添えくだされば他の方々も我が方へおつきくださいます。これ以上心強いことはございません。心より感謝申し上げます」


淀と三成も家康と同じように水面下で動いていた。淀は三成の手配により秀吉を慕っていた西の大名達と精力的に会っていた。

「小早川《こばやかわ》殿、お久しぶりでございます」

「は、淀殿にはご健勝にて何よりでございます」

「ありがとう。小早川殿もお変わりなく」

「は、おかげさまにて、さて今日はどのような？」

「何やら徳川殿が不穏な動きをされていると耳にいたしましまして・・」

「どのようなお話でございましょうか？私の耳には何も届いておりませんが・・」

「本当ですね？」

「はい」

「ならばよろしい。ではここでこの私に誓っていただきたい」

「何をでございましょう？」

「亡き殿、秀吉さまへの忠誠でございます」

「亡き殿への忠誠でございますか？それはずっと殿とご一緒させていただきましたことで、お分かりいただけていると思いますが・・」

「その小早川殿の忠誠心をもう一度言葉にしていただきたいと思いここまで参りました」

「言葉にでございますか？なぜに今頃になって？」

「亡き殿への忠誠心は、秀吉さまのご遺子であられる秀頼殿への忠誠心でもあります。分かりますね？」

「それは・・」

「秀吉殿への忠誠を誓うということは秀頼殿へ忠誠を誓うということ。ならば今ここで小早川殿の嘘偽《うそいつわ》りのない忠誠心をこの淀にお示しなさいませ」

「淀殿に」

「そうです。この淀は秀頼殿の母。秀頼殿に忠誠を誓うは母である私への忠誠でもあります。

何かご不満でも？」

「いえ」

「ならば、今後の豊臣家を受け継ぐ秀頼殿へ忠誠を誓うとお約束なさいませ」

「秀頼殿に忠誠を誓うことをお約束いたします」

「豊臣家の頭領、ひいては天下人である秀頼殿の母である私にも忠誠をお約束いただけますね？」

この淀のもの言いに心の中で舌打ちをする小早川だったが、秀吉への忠誠を疑われることだけは我慢がならず
「忠誠をお誓い申し上げます」と答えるしかなかった。

「ありがとう、ではよろしくお願いします」

と帰る淀と三成の後ろ姿に苦々しい表情になる。


「ねねさま、ほぼ二つの勢力に分かれたと思います。そろそろ仕掛けますか？」

「どちらの方が優勢でしょうか？」

「忍びの者達に聞いたところ、数的には半々かと」

「半々ですか・・やはりまだ秀吉さまの力が強いですね」

「はい、秀吉殿を裏切ることが出来ないと考える方々が淀殿の方へつかれました。私も何名かに断られてしまいました」と苦笑いする家康だったが
「ですが少し面白い話も入って来ております」

「面白い話ですか？」

「表向き秀吉殿への忠誠心を誓っているのですが、心の中では秀頼の後ろにいる淀殿に対してかなり不満を持っている方々もいらっしゃると・・」

「あちらの方は数はあっても脆弱《ぜいじゃく》だということですね」

「そのようです」

「戦は気持ちが大きいと秀吉さまがよくおっしゃっておられました。気持ちが薄いと弱いと・・だからいつも家臣達と俺は話をするんだと・・」

「そう言えば本当によく秀吉殿は家臣達と話をされていました。それも楽しそうに、だからすごい人気でした。亡くなられてもまだこうして忠誠を誓われる方がこんなに大勢いらっしゃるのですから・・」

「秀吉さまの求心力《きゅうしんりょく》はそこから来ていたんだと思います」

「ということは今の西は求心力をなくしていると」

「はい、淀殿と三成殿ではあの求心力は保てないと思います」

「ではこちらの好機。そろそろ仕掛けていきましょうか？」

「はい」

「では、噂を流していきます。私が大坂にいては三成殿も動きにくいと思いますので、一旦江戸城に戻っております。三成殿が食いついて動きはじめましたら私も動きます。たぶん大坂と江戸の間くらいで戦が始まると思います。後はどうなるかは私にも分かりかねますが・・・」

「戦は賭け、信長さまがよくおっしゃっていましたね。後はお任せいたします、家康さま。ご武運《ぶうん》をお祈りしております」

「ありがとうございます。必ず信長さまの夢の続きを始めてみせます」

とねねに言い、すぐに忍びの者や間者を放ち
「徳川が豊臣に謀反を起こすために挙兵の準備をしている」と噂を流しはじめたのである。

その噂を淀、三成達も好機と捉えた。

「これは徳川を討つ良い名目でございます。世間は謀反を許しません。我々は正義の者、謀反を起こした者を成敗することが正義と考えます。我々は正義の者、謀反を許さないという御《み》旗《はた》のもとに皆一丸となって戦いましょう、勝機は我らにあります」

「そうです、何があっても徳川を討って、秀頼の天下を盤石《ばんじゃく》なものとしてください」

「必ずや」

しかし、三成は五奉行の一人という身分であったため、五大老の一人、毛利輝元を総大将に担《かつ》ぎ上げたのである。もともと輝元は家康に対して面白く思っていなかった。その上この戦に豊臣が勝った暁には、自分が豊臣の実権を握れると踏んだ輝元は淀と三成の要請を快諾《かいだく》した。

豊臣に謀反を起こしたという錦《にしき》の御旗を掲《かか》げ東に向かって進軍して来る豊臣軍。伏見城などでは逃げ回る徳川の兵士達を嘲笑《ちょうしょう》しながら、この様子では徳川も軽く蹴散らすことが出来ると思った豊臣軍の勢いは増していった。そして豊臣軍は、東へどんどん進んでいったが、突然関ヶ原《せきがはら》で動きを止めた。関ヶ原の地形上、西の方が有利だと三成は読み、そこで徳川軍を待ち受け一気に勝負をかけようとしたのである。

豊臣軍の動きを見ながら家康も西へ進軍していった。そこに放っていた間者から豊臣軍が関ヶ原で動きを止めたという連絡が入る。

「やはりそう来たか・・」と家康は独り言をつぶやく。

関ケ原

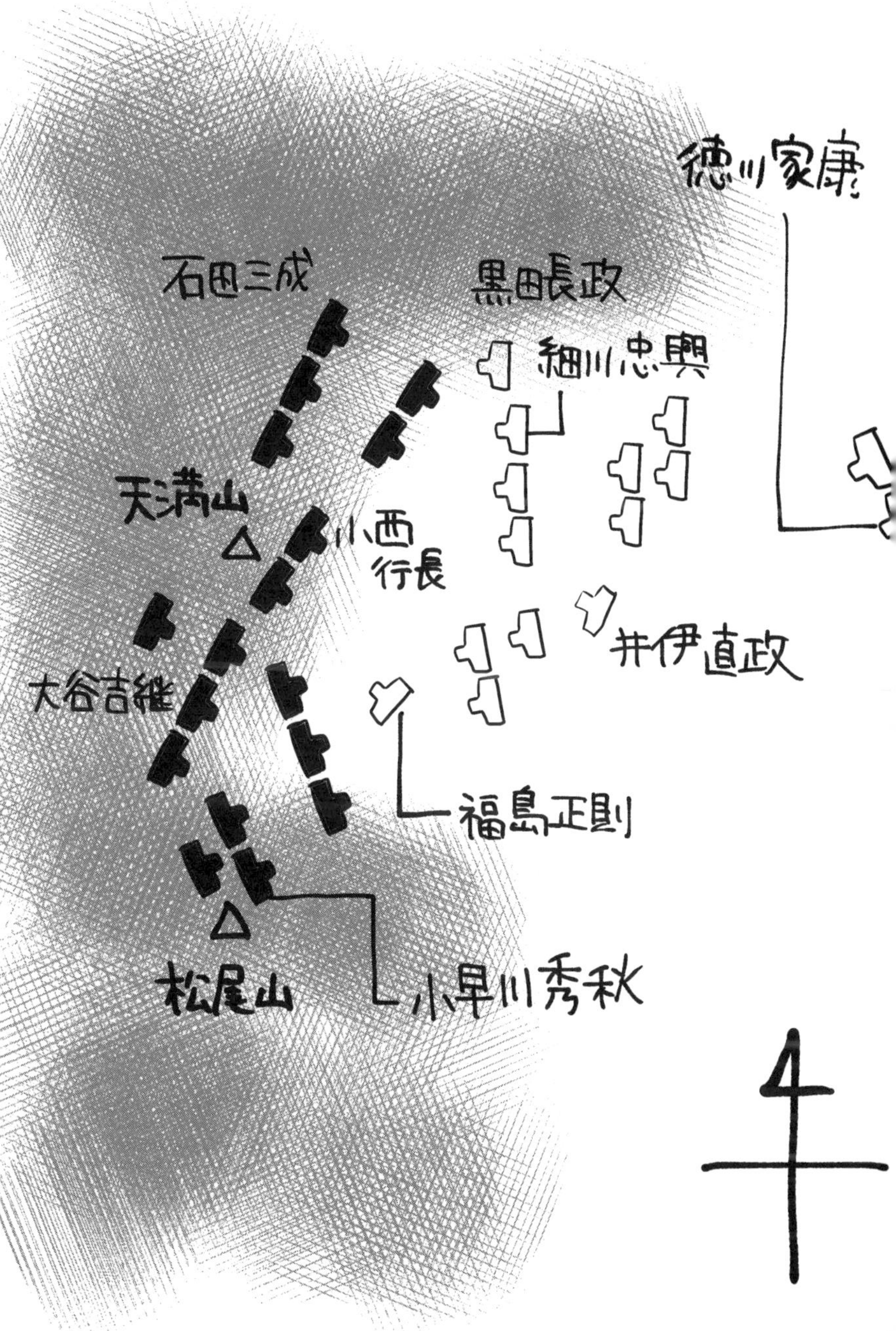

4

「殿、どうなさいますか？きっと敵は待ち伏せております、そこへのこのこ入ってしまうと袋《ふくろ》のねずみ」

「いや、進んで袋のねずみになろう」

「なんと？」

「今、引くわけには行かぬ、戦力は五分五分、いやこちらの方が有利」

「有利？でございますか？」

「そうだ、そのまま関ヶ原まで進めと皆に申し伝えろ」

「は、」

「だが、私が合図するまでは絶対に何があっても動くな、分かったか？」

「は、そのように申し伝えます」


袋のねずみになることが分かった上で家康は関ヶ原まで軍を進めていった。案の定、すでに西側の小高い丘にずらっと並んでいる豊臣軍。そして、徳川軍が関ヶ原に入って来ると後ろからも豊臣軍が来る。

「袋のねずみ、か」と家康は苦笑いする。そのまま動かない徳川軍。動かない徳川軍を見て

「前にも進めず、後ろに引くことも出来ない、もう何も出来ないと悟られたか」

と三成がほくそ笑む。

「徳川家康ももう少し骨のある武将かと思っておりましたが」と家臣も勝ち誇ったように言う。

「しばらくこのまま、徳川殿の様子を拝見させていただきましょうか・・」とねずみをいたぶるネコのような心境《しんきょう》になり、そのままじっと開戦の命を出さない三成。徳川軍も動かない。両軍ともただじっと見合っているという不思議な光景が繰り広げられた。

いっときほどが経ち三成が

「そろそろよろしいでしょう」と豊臣軍の主だった大名達に進めと号令《ごうれい》をかける。

開戦の合図が鳴り響く中、小早川秀秋《こばやかわひであき》陣営では、

「殿、開戦の合図が鳴っておりますが・・」

「お前はどう思う?」

「何をでございますか?」

「このまま豊臣軍として戦うとして」

「は、」

「豊臣が徳川に勝ったとして」

「は、」

「俺は淀殿に頭を下げることになる」

「いえ、淀殿ではなく亡き殿のご遺子である秀頼殿の家臣となりますが・・」

「でも、秀頼殿の後ろには淀殿がいる・・ということは、淀殿に頭を下げることになるということだ」と言ったまま合図が鳴っているのに動かない小早川。小早川の様子を見ていた他の大名達も同じように動かない。

開戦の合図を出しているにもかかわらず動かない大名達を見て焦る三成。
「これはどういうことだ？」と家臣に聞くが
「私にも、なぜ？」
「もう一度、開戦の合図をしろ」と家臣に言いつけ、もう一度高らかに合図を鳴らすがやはり誰も動かない。

小早川陣営では「殿、合図が・・」
「淀殿に頭を下げる・・のは・・」

と考えていると今度は徳川軍がいきなり大砲を撃つ。大きな音が鳴り響く。その時、小早川が「それは我慢ならん・・」と叫び豊臣の旗を投げ捨て、突然徳川に向かって馬で駆けだす。驚き後を追う家臣と兵達。

「徳川殿、申し訳ござらんかったぁ〜、小早川、徳川殿におつき申し上げまする〜」

と叫びながら徳川軍のところまで走って行き、くるっと振り返る。正面に豊臣軍を見据え、さも今まで徳川軍の方にいたかのような姿勢を取る。小早川の寝返りを見て、他の大名、脇坂安治《わきざかやすはる》、朽木元綱《くつきもとつな》、赤座直保《あかざなおやす》、小川祐忠《おがわすけただ》達も同じように次々と寝返り、豊臣の旗を投げ捨て徳川軍に向かって走っていく。

上から様子を見ていた三成は、

「・・どういうことだ?」

「寝返ったとしか・・」

「もう一度合図を出せ、すぐに戦え」と叫ぶ三成であったが、大きな大名達が次々に寝返っていく光景を見て豊臣軍も驚きのあまり動けなくなってしまっていた。

こうして、ほとんど戦うこともなく、関ヶ原の合戦は徳川軍が勝利を収めたのである。

この後、石田三成は、合戦の責任者として打ち首となった。本来は総大将として輝元が打ち首になるはずなのだが、輝元は、名前だけの大将で実質的な責任者は三成とみなしたのである。そこには三成を生かしておくと、また淀が何か画策をするのではないかと思った家康の厳しい判断があった。名前だけの大将とはいえ輝元にも責任はあるということで輝元は自ら大坂城を後にし地元である安芸《あき》に戻った。淀と秀頼に関しては、女性と子どもということを加味《かみ》し、これ以降は、徳川家の一大名として大人しくしているということを条件に特に処罰《しょばつ》はなかった。淀と秀頼がその条件を受け入れたことで豊臣と徳川の和睦《わぼく》が成り立ち、家康は天下人としての宣言をした。ここから江戸を拠点とした徳川の世が始まった。

第十一章

徳川家康

信州の信長の家、いつものように家康、天海、ねねが訪ねて来ている。

「家康さま、お疲れさまでございました」

「ねねさまが援護してくださったおかげで、ほとんど戦をせずにすみました。ありがとうございました」とねねと家康が話している側から
「いやぁ、大変だったみたいだな」とニコニコしながら信長が加わる。

「おかげさまで・・」と信長に嫌味っぽく言う家康に
「これでとりあえず元の道に戻ったな。ありがとう家康殿」

「はい、何とかこれで兄さまの夢への道は出来ました」

「ひとつお尋ねしたいことがあるのですが」

「何でございましょう、ねねさま」

「関ヶ原での合戦では、袋のねずみのような状態にもかかわらずお進みなされたとか？」

「はい」

「袋のねずみでも何かの勝算《しょうさん》がおありだったのですか？」

「ちょっと仕掛けをしておきました」

「どのような？」

「寸前で寝返るように・・」

「寝返るようにとは？」

「小早川殿をはじめ多くの大名達は、秀吉殿への忠誠と淀殿への不満に揺《ゆ》れておりました。ねねさまのおっしゃられたように豊臣には求心力がなくなっていたので、そこをちょっと揺さぶっておいたのです。そして、徳川が必ず天下を取る。今の豊臣では私には勝てない、今、徳川についておいた方が得策かと思いますがと・・」

「それで？」

「はい、ずいぶんと迷っておられましたので、もし合戦になった時に私はまず大砲を撃ちます。その音が最後でございます。それまでにご判断なされませ、と」

「だから、大砲の音で皆が動いたのですね」

「小早川殿が動いてくださったおかげで他の大名達も次々と」

「でももしかしたら小早川殿はじめ他の大名達も寝返らないということもあったわけですね？」

「はい、しかしそれはもう寝返ってくれる方に賭けるしかございませんでした。で、上手く行かなければ、そそくさと逃げようと思っていました」と大きな声で笑う。

「戦は賭けだからなぁ〜」と信長が言うと
「のんきなことばかり言っているとさすがにねねさまと家康殿に叱られますよ」

と濃姫が止める。にもかかわらずまだ続ける信長。

「家康殿も策士だな」

「おかげさまで・・兄さまの作戦を実行するには策士にならなければいけなくなりました」

と恨み節のように信長に訴える。

「ま、何にしろ良かった、良かった」と軽く受け流す信長。

「これで天下人は家康殿。これからどう固めていく?」

「国内の政治はほとんど秀吉殿が固めてくださっていますので、後はそのまま引き継いでいけばいいかと思ってますが・・」

「朝廷か?」

「はい」

「朝廷との付き合いだな、どうする?秀吉のように朝廷内に入るか?」

「いえ、それはやめておこうと思います。朝廷は、我々武家が入るのを嫌がっております。秀頼を薬殺しようとするくらいですから」

「ならば、また朝廷の家臣としての立場をとると?」

「家臣にならず朝廷と手を結びます」

「どうやって?」

「朝廷は朝廷、武士は武士と棲み分ければいいかと」

「どういうことだ？」

「朝廷は貴族的な立場で置いておきます。だが政治には関わらせない。そうすれば朝廷の誇りも保てますし、武士が政治を行うことで天下を治めることが出来ます」

「名を取るか実《じつ》を取るか・・ということか」

「はい」

「それは名案《めいあん》だな」

「兄さまにそう言っていただけると嬉しいです。では朝廷のことはそれで行きたいと思います。あとは・・」

「あとは？」

「後進《こうしん》のことですね」

「後継ぎか」

「今やっと始まったばかり、創るのも大変ですが続ける方がもっと大変だと思います」

「そうだな」

「そこをどうしたものかと考えております」

「秀吉のようにならないためにだな」

「信長さま」と濃姫がねねを案じて止める。

「濃姫さま、大丈夫でございます。信長さまがおっしゃることは本当のことでございますから」

「秀吉がやってくれたから次を考えることが出来たんだから、秀吉は良い仕事をしたんだよ」

「そうおっしゃっていただけると・・」

「で、ねねさんはどう思う？どうしたらいいと思う？」

「そうでございますね、自分の子どもは可愛い、それゆえに判断を間違えるということだけは身に染みて分かりました」

「そこだな、家康殿」

「そこですね、かといって代々子どもを作ることを禁じるなどということは出来ませんし・・」

「自分の子どもと、後継ぎということを別にしたらいかがでしょうか？」

と濃姫が口を開く。

「自分の子どもは子どもで可愛がればいいと思うのですが、後継ぎという立場は別のものとして考えるのです」

「後継ぎは別？」

「誰でもいいから人の上に立つ器の者を後継ぎにすると宣言するというのはいかがでしょうか？」

「それはとても良い案だと思うのですが、この前の関ヶ原の一件で世襲がどれだけ世の人々の中で当たり前だと思われているのかを思い知りました。ただ秀吉殿の子どもとして生まれただけで、家臣も他の大名達も無条件で秀頼殿を後継ぎと認めたのです。他の人間にその地位は渡さないと皆が守ったように思います。他の人間がその地位につこうとしたら力ずくで奪い取るしかないのです。今回の私のように戦をして奪い取る形になります。代が変わるたびにそのような戦をしなければいけないとなると平和な世は続かなくなります」

「世襲か、根深い問題だなぁ〜」

「そうでございますね」と皆が頭を抱える。

「秀次のようにしてはいかがでしょうか？」とねねが突然思いついたように提案する。

「秀次？」

「はい、秀次は秀吉殿とほとんど血はつながっておりませんでした。関白の地位を継がせるために秀吉殿の養子にしたのです。養子ですが世の中では息子と思われ世襲ということで穏便に関白職を譲ることが出来たと聞きました」

「そうか、名前だけ世襲させればいいということか、血ではなく実力で継がせることが出来るということか」とぱんっと膝を叩く信長。

「しかし、そのような者をどうやって見つけてくればいいのでしょうか？代がわりのたびにそのような者を探し回ったりするのは大変です。もしかしたらそのような者がいないかもしれませんし。そうなるとやはり身近な者に継がせることになってしまいませんか？

結局血のつながりが濃《こ》くなっていくかと・・」

「家康殿の言うことも分かるが・・

じゃあ、どうすれば能力のある者を毎回見つけることが出来る?」

「見つけるのではなく、育ててはいかがでしょうか?」

「えっ、育てるのですか?ねねさま」

「はい、子ども達を集めて育てるのです。そして、その中からその時に合った子に継がせるのです」

「そうか、たくさんの子どもを育てれば探さなくてもその中にいるということになるな」

「自分の子も他から探して来た子も同じように育てるのです。

それも専門《せんもん》の人に育ててもらうのです」

「専門の人?」

「子どもを育てることだけを仕事とする人です。人の上に立つ者としての知識や考え方などのたたずまいを教えることが出来る専門の人を作り、その人に子ども達を育ててもらうのです。そうすれば能力のある子達が育ちます。その中から器であると思う子を選び、継がせればいいのではないかと思うのですが」

「だが、選ばれなかった子達はどうなりますか?」

「その子達は、選ばれた子の補佐につけばいいのです。同じように知識もありますし心強い補佐になると思います」

「そうだな、一緒に育った仲間がそばで補佐をしてくれれば心強いな。家康殿、そうしよう」

「そうしようとおっしゃられても、何をどこから始めていいのやら・・」

「まず必要なのは、子どもを育てる人物だな・・誰かいないか？」

「急にそんなことをおっしゃられても、どこをどう探したらそのような方が見つかるのか？」

「家康殿」

「天海殿、どこかにお心当たりでも？」

「何人か思い当たる方がいらっしゃいますが・・家康殿のお眼鏡に叶うかどうかは・・」

「とにかく会わせていただけますか？」

「分かりました。では、しばらく後に家康殿のところへ行かせましょう。

天海からの紹介だという者が現れましたらお会いいただければと・・」

「分かりました、ありがとうございます。待っておりますのでよろしくお願いいたします」

「あとは・・場所だな。どこがいいかな？」

「江戸城に離《はな》れを作ってはどうでしょうか？離れならばいつも様子を見ることが出来ますので」

「そうだな。じゃあ、場所は離れということで・・」

「これで後進のめどはつきそうです」

「あとは細かいことになるが、家康殿頼むな」

「はい、兄さまの夢必ず叶えてみせます。見ていてくださいませ」

「楽しみだな」とニコニコと笑う信長。


家康は、朝廷から征夷大将軍の称号を受け、後に禁中並公家諸法度《きんちゅうならびにくげしょはっと》を制定し、朝廷は朝廷、武士は武士という区分けをしっかりと確立していった。

これによって朝廷からの政治的な介入はなくなった。


しばらくすると天海からの紹介だと男女合わせ十名ほどの人物が面会を申し出てきた。その中で一人、家康の心に響く女性がいた。

それが斎藤福《さいとうふく》、後に春日局《かすがのつぼね》と呼ばれるようになった人物である。

「天海様からご紹介いただきまいりました、斎藤福にございます」

「わざわざお越しいただきありがとうございます」

「子育ての仕事とお伺いいたしましたが、徳川さまのお子さまの乳母《うば》としての仕事でしょうか?」

「天海殿より何もお聞きになっていらっしゃらないのですか？」

「はい、すべて徳川さまから伺うようにと」

「それは・・長い話になりますがよろしいでしょうか？」

「はい」

「私は子どもを育てたいと思っております」

「そこまでは伺っておりますが、どなたのお子さまを？」

「誰の子でもありません。言うなれば徳川の子でございます」

「徳川の？」

「徳川の後継者を育てていただきたいのです」

「申し訳ございませんが、どういうことでございましょう？」

「私は、世襲ということをよく思っておりません」

「はい」

「頭領の嫡男というだけで、そのまま次の頭領になるということは、その家のためにはならないと思っております。その嫡男が頭領の器ならばいいのですが、そうでないことの方が多いと・・特に徳川の次の頭領は、天下人になる者。しっかりとした天下人の器でなければなりません。私は徳川の世を平和な世にしたい。それも出来るだけ長く続けていきたいと思っております。ですから代々の頭領には、その時々の世を見て器である子を頭領としていきたいのです」

「代々でございますか？」

「そうです、ですから、徳川の子どもを育てていただきたいのです。世の平和を考えられる子どもに次を任せたい、次も次も任せたいと思っております。血は関係ない。器を持った子であれば誰でもいいのです」

「誰でも？」

「はい」

「武士でなくてもよろしいのですか？」

「それにはこだわりはございません。私は豊かで平和な国にするためには、教育がとても大事だと思っております。読み書きが出来るからこそいろいろなことを学ぶことが出来ると思っています。将軍家の子どもだけではなく武家の子も百姓の子も町民の子もすべての子ども達にしっかりと教育していきたい。この国に生まれた子は、すべて徳川の子だと思っております。ですから誰でも学ぶことが出来るようにしたい。そのために全国に教育施設をたくさん作りたいと思っています」

「教育施設？」

「まだはっきりとした構想は出来てはいませんが、

皆が気軽に集まれるような場所がないかと思っております」

「全国で皆が気軽に集まれるところでございますか?」

「何か思い当たるところが?」

「全国には小さいものも含めて寺がたくさんございます。寺は庶民達にとっては身近にある気軽なところ。寺に子どもを集めて教えるのはいかがでしょうか?」

「寺でございますか。そうですね、寺ならばたくさんありますし、僧達は読み書きが出来る。良い案をありがとうございます」

「いえ、ただ思いついただけでございます。そこでどのような?」

「まず基本である読み書きを教えます。そして、その子がつきたいと思う職業《しょくぎょう》につかせます」

「その子が望む職業に?」

「はい、今までは親の後を継ぐというのが世の常でございましたが、百姓の子でも職人になりたいと思えば、職人について学べばいいと思います。職人の子でも武士になりたいと思うならばなれるような世にしたいと思っています」

「それは、今までの考え方とはまるで違いますが、素晴らしいお考えだと思います。生まれた時から職業や身分が決まっているのは私も疑問に思っておりました」

「そうでございましょう?職業は自分で選べばみんな自分の仕事が好きになると思います。皆が好きな仕事をしていれば世の中も明るく楽しくなると思っています」

「はい。その通りだと」

「そして、話が戻りますが、その教育施設の中から子どもを選んで教育したいのです」

「子どもを選んで?」

「はい、全国の子どもの中から将軍の器になれそうな子をここに連れて来て教育したいと・・」

「連れて来て?」

「もちろん、その子とその子の両親が承諾すればの話です。無理やり連れて来るなどはいたしません」

「しかし、将軍の器になれる子と言われましても・・ましてや全国の子どもの中でというのは気が遠くなるような話でございますが・・」

「それはかなり難しいと承知の上でございます。ですので、何人かの者を子どもを探すだけに専念《せんねん》させたいと思います」

「子どもを探すだけのお仕事ですか?」

「はい、大変な仕事になると思いますが、何名かの者を募ってみたいと」

「希望なさる方をですか?」

「そうです。自分でやりたいと思う者でなければ無理だと思います」

「そうですね。とても大変なお仕事ですから。そして、どのような子を?」

「いろいろな子どもを連れて来て欲しいと思っています。

大人しい子、習い事が好きな子、武に秀でている子、暴《あば》れ者・・」

「暴れ者も?」

「はい、たくさんの子ども、それもいろいろな性質の子どもを集めて教育していきたいと。

もしかしたら暴れ者が良い将軍になるかもしれない」と笑う家康に
「確かに、織田信長という人物も変わった御仁《ごじん》だったと聞いたことがあります」

「はい、織田殿は幼少の頃はうつけなどと言われていたようですが、素晴らしい武将になられました」

「しかし、ばらばらな性質の子を育てるとなると・・」

「はい、大変なことをお願いしているのは重々承知しております。そして、もうひとつ、子どもを育てる時は、何も手を出さないでいただきたいのです」

「手を出さない?」

「はい、もちろん読み書きや上に立つ者のたたずまいなどは厳しくしていただいていいのですが、型にはめるようなことはしないでいただきたいのです」

「たたずまいを教えながら自由にするのですか?」

「はい、その子どもの性質をそのままに育てていただきたい」

「それは・・今はまったく見当もつきませんが・・」

「子ども達と一緒に創りあげていただければいいのです。すぐに出来るとは思っておりません。子ども達と一緒にやっていくうちにコツが分かって来ると思いますので」

「分かりました。少しずつでいいとおっしゃっていただけるのならば何とか・・」

「ありがとうございます」

「場所はどこに？」

「江戸城に離れを用意いたしました」

「何人くらいの子をお考えですか」

「最初は五十人ほどを集めたいと思っております」

「五十人？」

「はい」

「私一人では・・」

「もちろんでございます。斎藤さまの下に教育係をつけます。五十人で何人くらい必要でしょうか？」

「今ははっきりとは分かりませんが、五十人の子を自由に育てるとなるとかなりの目が必要となります。子ども三人に一人は必要かと・・」

「教育だけではなく寝食《しんしょく》も一緒になるともう少し多い方がいいですね。分かりました、その者達の選別《せんべつ》は斎藤さまにお任せいたしますので、斎藤さまが良いと思う者をお使いください」

「ありがとうございます」

「その者達、その後の者達に代々にわたり、今お話ししたことを継いでいっていただきたい、そこをしっかりと斎藤さまが教育していただきたいと思います。教育がこの国の未来を左右すると思っております。一番大切な国の根幹になりますので、どうぞ私にお力をお貸しください」と福に深く頭を下げる家康。

「私でよろしければ精いっぱいやらせていただきます」と福も頭を下げる。

「これからいろいろな問題が出て来ると思います。お互いに詳細《しょうさい》を合わせながら進めていきたいと」

「はい・・」

「何か？」

「ひとつ不躾なご質問をしても？」

「何でございましょう？」

「徳川殿はお子さまはお作りにならないのですか？」

「私ですか？」と困った顔をする家康を見て
「申し訳ございません、不躾でございました」

「いいえ、大丈夫です。いろいろな思いがあって、私は自分の子は持とうとは思いません。

私は立場上婚姻はしておりますが、子は持たないという条件で婚姻《こんいん》いたしましたので・・」

「なぜ？・・もしかしてどなたか想われる方が？」

「はい、一生の片思いでございますが・・」

「一生の片思い・・天下人の徳川さまが添うことが出来ない方？・・・」

「この気持ちは墓まで持って行きたいと思っております」ハッとした顔で家康が
「つまらない話をお聞かせしてしまいました。初めてお会いした方にこのような話を・・

お忘れください、斎藤さま」と恥ずかしそうに言うと
「素敵《すてき》なお話を伺いました、徳川殿とお仕事をさせていただける私は、幸せ者でございます。

どうぞ末永くよろしくお願いいたします」

「こちらこそ」

これが大奥《おおおく》の始まりである。

何十人もの教育係と世話係を入れれば、百人を超す大所帯《おおじょたい》を纏《まと》める大奥の総取締《そうとりしまり》となった斎藤福は、後に春日局と名を変えた。手探りの状態で始めた大奥も春日局の功績で基礎固《きそがた》めも出来、二

年ほどたった頃に家康が
「春日殿、私もそろそろ引退を考えております」

「もう？」

「はい、徳川は安泰《あんたい》だと世に知らせるためには、早い方が良いと思いましたので」

「安泰だと知らせる・・とは？」

「徳川の世も長くはないと思っておる大名達がおりまして、私がいなくなった後の体制がはっきりとしていなければ、また自分にも天下が回ってくるのではないかと甘い期待を持っているようで・・」

「まぁ、まだそのようなことをお考えの方々がいらっしゃるのですか？」

「まだ戦国の世の気持ちが抜け切れていないようです。隙《すき》あらばと狙う人間達もまだまだおります」

「そうでございますか・・」

「ですから、私が引退しても徳川は安泰だと知らしめたく思っております」

「分かりました、しかしまだ大奥の子ども達は、幼く後継ぎとなれそうな子は・・・・」

「大奥が出来てまだ二年、それは無理だということは承知しております」

「では、どなたを？」

「関ヶ原の合戦の折から私のそばで戦ってくれていた若者がおります。その者を養子として迎え徳川秀忠《とくがわひでただ》と名乗らせ次を任せようと思います」

「世の中では徳川さまの嫡男ということになさるのですね？」

「はい、嫡男ならば他の大名も納得すると思います。春日殿にもお引き合わせしておきたいと・・」

「徳川殿が次をお任せなさるというなら素晴らしいお方なのでしょう」

「まだまだ若いですが、実直な若者です。武もですが、実務に長《た》けております。私は将軍職は引退いたしますがまだやらなければいけないことがたくさんあります。私の補佐としてその者ならば実務をしっかりとしてくれると思い将軍職を任せることにいたしました」

「お会いするのが楽しみです」

「将軍職はその時々の情勢でどのような性質の者が良いか変わってくると思います。今回は実務に長けた者を後継ぎといたしましたが、次は分かりません。どのような性質の者が良いかは、その時のまわりの判断になります。ですので、大奥の方々にも政治のことをしっかりと学んでいただきたいと思います。春日殿にもまた次の総取締をお育ていただきたい」

「次の総取締を・・それは考えてはおりませんでした」

「大奥の総取締の手腕《しゅわん》で江戸幕府も変わってまいります。将軍となる子を育てるのと同時に大奥の総取締をもお育ていただきたい」

「重責《じゅうせき》にございますが、出来る限りさせていただきます」

「ありがとうございます。では、今度は秀忠を連れてまいります。秀忠にこの江戸城を任せ、私は駿府へ参ります。何か事が起きましたら秀忠にお伝えくださいませ」

「承知いたしました」

秀忠に将軍職を譲った家康は駿府城を居城として、武士の心得を示した武家諸法度《ぶけしょはっと》や朝廷との関係を明らかにした禁中並公家諸法度などの数々の法律を制定していった。

家康は、征夷大将軍になった時に大名達に領土を任せた。関ヶ原で徳川側についた大名には江戸の近くに、豊臣側についた大名達には江戸から離れた領土を任せていた。江戸幕府が固まって来るにつれ家康は、江戸から遠くにいる大名達のことを考えていた。

江戸城に一度戻った家康は秀忠に

「江戸から離れた大名達のことだが・・」

「何か問題でも？」

「そのままずっと放っておいていいものか・・」

「放っておくとは・・」

「与えた領地をそのままずっと任せておいていいものか・・」

「そのままずっと任せておきますと何か問題でも？」

「その土地をまた自分の土地だと言い出さないかと思うんだが・・」

「そういうことでございますか・・」

「自分の領地だと勘違《かんちが》いしはじめる大名がいてもおかしくはないな」

「そうでございますね」

「どうしたものか・・領地替《りょうちが》えをするか？」

「領地替えでございますか？」

「何年かに一度、大名達の領地替えをすれば幕府の領地だということを思い出すだろう？」

「しかし領地替えとなりますと大事になりますし、不平等だと文句を言う大名も出てきましょう。それにその領地の民達も大名がころころと変わりますと落ち着かないと思います」

「そうだな、民も困るな」

「大名と幕府が頻繁に交流を持つことが出来れば、放りっぱなしということにはならないのではないでしょうか？」

「頻繁に会うということか？」

「はい、江戸に頻繁に来させるのではいかがでしょうか？」

「江戸に来させる?」

「幕府が本家でございます。本家の命令でその土地を任されているのですから、いつもその土地がどういう状態かを本家に報告する義務があるとかの理由をつけて来させるのです」

「そうか頻繁に顔を合わせて話をすれば、大名達も本家のことを忘れたりないがしろにすることはなくなるな、それは名案だ」

「ありがとうございます」

「その案で具体的にどうするかを詰めてくれ」

「分かりました」

「頼んだぞ」


この案がもととなり参勤交代《さんきんこうたい》の制度が出来た。実際にこの制度が確立したのは秀忠の次の三代将軍家光になってからであるが、この制度により江戸から遠く離れた大名達の目配りも滞《とどこお》りなく行えるようになった。江戸から遠く離れた大名達も江戸幕府の一員であるという自覚が出来、江戸幕府を中心に全国の大名達のつながりも強くなり国は安定したのである。

大名達の目配りとともに懸念であった異国との付き合いにおいても、家康は少しずつ間口《まぐち》を狭めていった。秀忠に命じ異国との交易を明と英国、スペイン、ポルトガル、オランダに限定させ、自由に異国との貿易が出来ないようにしていった。そして家光の代になってから港は長崎だけ、交易するのは清（中国）とオランダだけという実質上の鎖国《さこく》が完成したのである。

こうして次々と家康は、次の国政の方向を見通した案を出していったのである。その案を実務としたのは二代将軍秀忠で、それを完成させたのが三代将軍家光という長い時間をかけて江戸幕府の基礎を固め、盤石なものにしていった。

関ヶ原の合戦で家康に負け、大坂で大名の一人となってしまっていた豊臣秀頼の母、淀は、徳川が着々と国を固めていくのを苦々しく思っていた。

「秀吉さまが生きておられたらこのようなことにはならなかったのに。今頃は秀頼殿が将軍家。家康も秀頼殿にひれ伏していただだろうに」と悔しげに侍女にもらす。

「左様でございます。殿さえご存命ならば・・」と袂《たもと》で目をふさぐ。

「悔しいのう、本当に悔しくてならんわ。この前も家康から、秀頼殿に江戸城に挨拶に来いと言うて来た。挨拶に来いだと・・秀頼殿を呼びつけたのだぞ」

思い出してまたもや怒りで手が震える淀に
「母上、それは仕方がございません。父上はお亡くなりになり今は徳川殿の天下、私は徳川の家臣でございますから」と秀頼がひと言もらすと、淀と侍女が同時に
「なんと情けないことを、秀頼殿は秀吉殿のご遺子であることをお忘れになられましたか？」

と叱責を受ける。

「申し訳ございません、母上」

「秀頼殿、あの時はそなたもまだ幼かった。そして頼りの三成さまもいなくなられた。だから、あのように徳川と和睦するしかなかった。だが、今は違う。そなたももう二十歳、立派な青年になられた」

「そうでございます、秀頼さま。まだ豊臣の再興は叶わぬ夢ではございません。諦めなさいますな」

と侍女からも言われ
「そうですね」と答えるしかない秀頼。

「いいですか、あなたは秀吉さまの血を受け継いでいるのです。父上はとてもお強かったのです。あなたのおじいさま、浅井長政殿も信長に裏切られ、あのような最後を遂げられましたが、それ

は強い武将でございました。そのお二方《ふたかた》の血を受け継ぐそなたが、そのような弱気でどうするのです。しっかりなさいませ」

「いや、信長殿を裏切ったのはおじいさまの方だと聞いておりますが」

「違います。あれは信長の口車に乗せられ騙《だま》されたのです。

信じたおじいさまを裏切ったのは信長の方です。誰からそのような嘘を？」と激高する淀に
「分かりました。そうでございました。申し訳ございません、母上」

「人はいろいろなことを言うのです。秀頼殿はこの母の言うことだけを信じていればよろしいのです」

「はい、母上」

「あまり徳川がいい気にならないうちに豊臣の存在を示しておかなければいけませんね」

「そうでございますね、淀さま」

「とは言っても秀頼殿だけでは徳川に矢を放つのは無理というもの、どうしたものか・・誰か豊臣の再興を一緒にやってくれる者はいないか？誰か頼りになる者はいないのか？」

「大野殿はいかがでございましょう。淀さま」

「ああ、治長《はるなが》か。治長ならば気骨《きこつ》がある。きっと頼りになる。話してみましょう。治長をここへ・・」

「はい」と急ぎ大野治長《おおのはるなが》を迎えに行く侍女。しばらくして
「淀殿、大野でございます」と治長が来る。

「入れ」

「は、」

「治長は徳川をどう思う？」

「正直にお話ししても？」

「良い」

「面白く思ってはおりません。関ヶ原以降の我が殿秀頼さまへの数々の無礼許し難く・・」

「分かった、よくぞ申した」

「は、」

「秀頼殿も同じ考えでいらっしゃる」と言う
淀の顔をちらっと見る秀頼。

「そうでございますね、秀頼殿？」

「はい、母上」

「豊臣はまだ力がある。その辺の腑抜《ふぬ》けな大名とは違う」

「は、」

淀が何を言おうとしているかを察した治長。

「力を貸してくれるか?治長?」

「は、」

「豊臣に力を貸してくれそうな大名達に声をかけてもらえるか?」

「は、まだまだ亡き殿秀吉さまのお力は甚大《じんだい》にございます。そして、徳川のやり方に不満を覚えている大名や武士達が大勢おります。その者達を集めれば・・」

「頼んだぞ」

「は、」


家康が居城にしている駿府城に江戸から秀忠が来ている。

「その後朝廷は大人しくしているか?」

「はい、今のところは静かでございます」

「では朝廷は良いとして・・」

「他に何か?」

「豊臣だ」

「豊臣が何か動きでも？」

「いや、動かない」

「どういうことでございますか？」

「この何年か秀頼に江戸に挨拶に来るように言っているのだが、まるで動かない」

「拒否《きょひ》しているということでございますか？」

「拒否と言えば拒否なのだが、何だかんだと理由をつけて返事をしてくるので、何とも気持ちが悪い。はっきりと拒否されれば出方もあるのだが・・豊臣はただの大名になったとはいえ、まだまだ秀吉殿の力が残っている。大名とはいえ他の大名とは別格だ。まだ豊臣に加勢《かせい》しようとするものもいるだろう・・そうなると厄介なことになる」

「そうでございますね」

「こちらでも用心しておくが、秀忠殿も気にかけておいてくれ、何か少しでも動きを感じたらすぐに知らせて欲しい」

「分かりました」


寝ている家康。パッと目を開け天井を見る。

「半蔵か?」

「は、」という返事が聞こえたと思ったらそばに来ている。

「先代の半蔵にも負けないくらい速いな」と笑う家康に
「は、」と答える。

「どうした?何か動きが?」

「は、浪人どもをずいぶんと抱え込んでおります」

「浪人か・・大名達との接触は?」

「秀吉殿にお仕えしていた主だった大名達はおりません」

「そうか、ではそんなに数はいないな」

「は、」

「分かった。ご苦労だった」と家康が言うのと同時に姿を消す半蔵。

「素早いな」と感心しきりの家康。

半蔵からの知らせを聞きすぐに秀忠を呼ぶ家康。

「やはり動きましたか」

「淀殿はしぶとい、諦めるということを知らないお人のようだ」

「そのようにのんきなことをおっしゃっている場合ではございませんが・・」

「そうだな。厄介なことになった」

「戦になりますね」

「いや戦にしてはいかん」

「戦にせずにどうやって収めますか？」

「戦になってしまうと豊臣の存在感が増し、加担する者も出て来る。戦ではなく反乱を抑えるという形を取るのが一番だと思うのだが」

「反乱を抑える？」

「つまり？」

「戦は対等、だが反乱を抑えるという形になると立場の強いのはこちらになる」

「戦として戦うのではなく、仕置《しお》きをするという形にする。そうすれば大事にならないだろう・・」

「そういうことでございますか・・」

「ただ仕置きの理由が思いつかない・・」

「浪人どもを集めて反乱を起こそうとしたとかでは？」

「それでは不満分子が反対に集まって来てしまう可能性が高い」

「そうでございますか」

「反乱ではなく、何か幕府への忠誠が足りないとか・・ではどうだ？」

「忠誠が足りない?・・ならば、呼んでも挨拶に来なかったということでは?」
「それは、弱いな。はっきりと拒否をしたわけではないので、それを理由に仕置きは出来ない」
「何か・・徳川に対して無礼なことをしたとか・・」
「最近の豊臣の動きに何かないか?」
「豊臣が寺を再建したという話は耳にしましたが・・
寺を再建したことにけしからんとは言えませんし・・」
「寺か・・そう言えば、寺の鐘に文字を入れたとか・・なんと入れたか分かるか?」
「文字でございますか?知っている者がおるかもしれません、聞いてみましょう・・誰かおらん
か?」と声を出すと
「は、何か御用でございますか?」と家臣がすぐにやって来る。「豊臣が建てた寺の鐘に入れた文
字を知ってる者はおらぬか?聞いてみてくれ」
「は、しばらくお待ちくださいませ」と家臣は城の者達に聞きに行く。
しばらくして帰って来た家臣が
「知っている者がおりました」
「なんと入れた?」と聞く秀忠に
「このような写しを持っておりました」と差し出す家臣。

その紙には方広寺《ほうこうじ》の梵鐘《ぼんしょう》の銘文《めいぶん》が書かれていた。その紙をしばらく見つめていた家康が膝をパンと打ち

「これだ」と声を上げる。

「これとは？」

「ここに国家安康《こっかあんたい》の文字がある。国家安康・・家康の名前を二つに分断するという無礼《ぶれい》を働いた。そして、もうひとつ、君臣豊楽《くんしんほうらく》とも書かれている。これは豊臣が君主だと言ってるのだ。これは忠誠心が足りないという問題ではない。豊臣は徳川家康の君主だと言っているのだ」

「そうでございますね」

「これを理由に仕置きをする。よく見つけてくれた、ありがとう。これを持っていてくれた者によく礼を伝えておいてくれ」

「は、有り難き幸せにございます」と去る家臣を見ながら

「豊臣が動く前に動かなければならない。豊臣が動いてからだと戦だと思われてしまう。すぐに兵を出してくれ」

「はい、承知しました」

仕置きと称して挙兵した徳川軍の情報を耳にした淀は真っ赤になって怒った。

「何が仕置きだ。徳川の分際で豊臣を見くびるでないわ。すぐにこちらも兵を出す。治長、用意は出来ているか？」

「は、すぐにでも」

「では秀頼殿もご用意を」

「私もですか？」

「当たり前ではございませんか。秀頼殿が大将、秀頼殿の命令で皆は動くのです。さ、早く」

「はい、母上」と渋々の様子で準備に向かう秀頼を見ながら
「やっと機が参りました、秀吉さま、ご覧になっていてください。

豊臣はまた秀頼を頭領に再興いたします」と秀吉の仏壇《ぶつだん》に向かって話をする。


豊臣が兵を用意し大坂城を出ようとした時には、もう徳川軍は大坂城を取り囲んでいた。豊臣軍が十万の兵に対して徳川は二十万の兵を出したのである。城を自分達の二倍もの兵で囲まれ城から出ることも叶わず、そのまま城に籠城《ろうじょう》する策をとった。誰の目にも勝負は見えていた。しかし淀は諦めない。

「まだ大丈夫です。最後まで諦めないのが豊臣の力。豊臣の底力を見せつけてやりましょう。籠城してもこの大坂城は十年は持ちます。それだけの力は蓄《たくわ》えております。その間に何か打つ手は出てきましょう」と自分自身を鼓舞《こぶ》するように言い聞かせる。

「治長、何とか攻撃する方法はないのか？」

「ここまで兵力の違いを見せつけられてしまいますと、我が軍の兵達も動きが・・」

「所詮《しょせん》浪人どもの寄せ集めということか・・秀吉殿の家臣達は？・毛利や長宗我部、真田は？」

「あの方々は、砦《とりで》にて戦っておられます」

「そうか、まだやってくれているか」

「しかし、多勢に無勢、時間の問題かと・・」と話をしているその時、大砲の音がし淀の側に砲弾《ほうだん》が落ちた。

「うぎゃ」とすごい声を出し腰を抜かす淀。慌てふためくまわりの者達。もう一発砲弾が落ちる。火が回りはじめる。

火におびえ、また撃ち込まれるのではないかという恐怖で逃げまどう家臣達を見て治長が
「淀殿、ここは一旦引きましょう」

「引くとは？・」

「降参《こうさん》するのです」

「それは出来ません。降参など、豊臣家にあってはいけないのです」

「これは無理でございます。引くのもまた戦法。ここは引いて態勢を立て直して、またの機会を待ちましょう」

「またはあるのか？」

「またの機会を私が作ります。私を信じてくださいませ」と真剣に訴える治長を見て
「本当ですね、次があるのですね？」

「はい」

「分かりました。では徳川に伝えてください」

「それにはこちらの譲歩《じょうほ》が必要となります」

「譲歩？」

「はい、何もなく降参というわけにはいきません。こちらから譲歩することで徳川からも条件を引き出すことが出来ると思います」

「何を譲歩する？」

「まずはこれから戦いが出来ないような形を取ります」

「それでは次が出来なくなります」

「今だけでございます。大坂城でなくても次の戦いは出来ますので、今だけ、ここだけ乗り切るこ

とをお考えください」

「分かりました、ではどのような?」

「本丸だけを残して二の丸、三の丸は壊します。堀も埋めます。そして、何人かの人質を出します、と伝えます」

苦い顔をする淀に
「ここはこらえてくださいませ。その代わり秀頼殿と淀殿には一切お咎めなしの条件を受け入れさせてみせます」

「秀頼殿と私にお咎めなし?」

「何とかその条件はのませてみせますので」

「分かりました。仕方がありません。治長、任せます」

「はい」と治長が降参する旨《むね》を伝えに行く。血がにじむほど唇を強く噛みしめ淀は秀頼に向き直る。

「秀頼殿、次こそは・・」

「はい、母上」

家康は、治長が示してきた条件をのんだ。本丸だけを残し堀も埋めてしまった大坂城は、城としては丸裸の状態であった。これではもう戦は出来ない。もともと豊臣を本気でつぶす気はなく、仕置き程度で考えていた家康はそれで十分だと思った。これ以上はさすがの淀もやらないだろうと、大人しく徳川の家臣としての分をわきまえると。


しかし、淀は諦めてはいなかった。

「治長、次はどうする?」

「は、まず兵を集めるところからでございます」

「急いで集めなさい」

「いいえ、大っぴらに集めてしまうと徳川にこちらの動きを悟られてしまいます。ゆっくりと少しずつ集めていかなければ」

「そんなに悠長なことは言っていられない。早く豊臣に天下を取り戻さなければ・・」

と淀が言うと
「なぜ、みんなはそんなに天下、天下と言うのでしょう?」と秀頼が小さな声でつぶやく。

「なんですって? 武士として天下を狙うは当たり前」

「私には分かりません。私は天下など欲しいとは思いません」

「それが秀吉殿の嫡男の言葉ですか?」と厳しい声になる淀に
「父上の気持ちなど分かりません、分かりたくもない。天下を取って何がしたいのですか?天下を取れば何の良いことがあるのですか?戦ばかりして何が面白いのですか?いいじゃないですか、もう。今は徳川殿が天下を取られ世は平和になりつつあります。それを今更、母上は何がしたいのですか?」

「私達にはしなければいけないことがあるのです。私達は浅井と豊臣を再興させねばならないのです。それが私達の使命、それがあなたの生まれた意味なのです」

「私の生まれた意味・・」

「そうです、浅井の再興。あなたはそのために生まれてきたのです。その使命を果たさなければならないのです。私はそのためにあなたを産んだのです」

「家の再興のために、私を産んだと?」

「そうです、あなたはそのために生まれて来たのです」

「私はそんなことは望んではおりません、世の中が平和であればいいじゃないですか?徳川殿が平和な世を創ってくださっています。私は徳川殿の家臣で十分です」

と言い終わるか終わらないかのうちに秀頼は頬に鋭い痛みを感じた。ものすごい形相で秀頼をにらみつける淀。頬には涙が伝わっている。

「許しません。何があっても浅井を再興するのです。私はそのためだけに生きて来た。そうでなければ私が生きて来た意味がない。何が何でも、私の子もそれを望まなければいけないのです。浅井の再興、豊臣の再興、我らの血筋が天下人にならなければいけないのです。それをそのような・・」

とまた秀頼の頬を打つ。下を向いてしまう秀頼に
「分かりましたか?この母の気持ちが・・」

「・・はい、母上」

「良い子です。あなたは天下を取らなければいけないのです。天下を取ることがあなたの生まれて来た意味なのです。浅井のため、豊臣のため。浅井、豊臣のすべての家臣達の思いがあなたの肩に乗っているのです。分かりましたか?」

「はい、申し訳ございませんでした」

「分かればよろしい、では、治長、次の戦法を考えましょう」

「は、」

先の大坂での出来事で豊臣のことは解決したと胸を撫で下ろしていた家康のところに秀忠から、また豊臣が兵士を募っていると一報が入る。天を仰《あお》ぎ見る家康。

「まだやりますか?·淀殿」とつぶやく家康の顔がどんどん厳しくなっていく。どこを見るともなく一人つぶやく。

「秀吉殿、ねねさま、何とか豊臣のお名前を残そうと思いましたが、これ以上は・・これ以上豊臣を置いておくわけにはいかなくなりました。豊臣という名前がある限り、豊臣の血筋がある限り、淀殿がいなくなっても誰かがまた豊臣の者を担ぎ出し天下を狙おうとするでしょう。いつまでも戦の火種を置いておくわけにはいかないのです。私ももう七十三になりました。兄さま、姉さま、秀吉殿、ねねさま、天海殿、皆さまのお近くに行く日もそう遠くはございません。私も一人になって心細うございます。しかし、しんがりとしての役目しっかりと果たしてから行かせていただきます。皆さまの夢を叶えるため、縄文のような戦のない、身分の差もない平和な世を創り、その世を出来るだけ長く続けるため、家康これから鬼となります。豊臣の血を絶ってまいります。秀吉殿、ねねさま、鬼となる家康をお許しくださいませ。お叱りはそちらに行ってから、いかようにもお受けいたします」

と手を合わせる家康の顔は鬼気迫るものであった。

「兵を出せ、豊臣を滅ぼす」

と叫ぶ。急ぎ兵を用意する家臣。自らも武具をつけ出陣の用意をする。

総勢十五万の兵を引き連れ先頭に立つ家康。堀の埋まった大坂城は、すぐにでも落ちそうな儚《はかな》さを持っていた。大坂城を囲む徳川軍。徳川軍に取り囲まれた豊臣軍は準備不足もあってなす術がなかった。

「なぜ、こんなに早く?なぜ、徳川に我らのことがばれた?」

「兵を集めるのが性急過ぎたのでございましょう」

「兵は?どのくらい集まっている?」

「三万がいいところでございます」

「徳川は?」

「十五万はおりましょう」

「十五万・・大丈夫です。数ではありません。策は?何か策はないのか、治長」

「ここまで兵の数が違い過ぎると・・」

「籠城すればいいのです。大坂城は籠城に向いている城」

「二の丸、三の丸を壊し、堀まで埋めてしまいましたので、籠城しても何の意味もございません」

「治長、お前がそうしろと言ったのではないか？」

「あの時はそうでもしないと徳川が納得しなかったので」

「うるさい、言い訳はよい、どうにかしなさい」と治長を怒鳴りつける淀。治長自身もまだ時間があると思っていただけに、この早い徳川の動きに動揺していた。

とその時、一斉に大坂城に向かって砲弾が放たれた。

「容赦はいらぬ、とことん攻めろ」と家康が叫ぶ。

「おお～」

と兵達は口々に叫びながら城に向かって走って行く。空からは砲弾が雨のように降り注ぎ、下からは無数の徳川軍の兵士達が大きな叫び声を上げながら討ち入って来るのが、淀達のいる天守閣から見える。天守閣にも容赦なく砲弾が撃ち込まれ、銃弾も降って来る。砲弾や銃弾から身を守るのだけで精いっぱいの淀達。まわりでは次々と家臣が撃たれ倒れていく。

「秀頼殿、治長」と二人を探す淀。

「淀殿、ここにおります」

「私はここに、母上」

「治長、何とかしなさい。そうだ、またこの前のようにここは一旦引きましょう。そして、また次の機会を狙えばいい。早く徳川のところに降参すると言って来なさい」

「淀殿、無理でございましょう。この前の攻撃とはまるで違います。今回は徳川も本気で大坂城をつぶす気でございます」

「諦めるのは早い。徳川は豊臣の家臣。家康は秀吉殿に大きな恩がある。秀吉殿に忠誠を誓った家康が豊臣をつぶせるわけがない。早く和睦を受け入れると言って来なさい」と話している間にも次から次へと家臣達が倒れていく。

「家康は何を考えておる。この豊臣に向かってぇ〜」と叫ぶ。

天守閣に徳川の兵達が上がって来る。豊臣の兵も応ずるが数が違い過ぎて防ぐことが出来ない。

次々と上がって来る徳川の兵達に取り囲まれてしまった淀と秀頼、治長。その目にゆっくりと上がって来る家康の姿が見えた。

「家康・・」

「淀殿、お久しぶりにございます」と平然と挨拶をする家康に
「これはどういうことでございますか?なぜこのような暴挙《ぼうきょ》に出られる?私どもが何をしたとおっしゃるのですか?」

「この前の和睦の約束をお破りになられたので・・」

「何もしていない、何もしていない。我らは何もしていない。家康殿の勘違いにございます。誰か

に嘘の情報を入れられたのでございます。もう一度和睦を・・」
と家康に向かって話すそばで秀頼が静かに
「もうやめましょう、母上」
「何を言っているのですか?まだ大丈夫です。諦めてはいけません。あなたは秀吉殿の嫡男。豊臣を再興し天下を取らなければいけないのです、諦めてはいけません」
「もうやめましょう。母上」
「家康殿、せめてこの秀頼だけは。あなたも秀吉殿の家臣ではございませんか?秀頼だけは・・お願いでございます」と叫ぶ淀をただ静かに見つめる家康。秀頼が
「母上、母上」と狂気《きょうき》のようになった淀を鎮《しず》めようとするが、その手も払いのけ
「浅井を再興させなければ。秀頼を天下人にするのです。それが私の使命、私の生まれて来た意味。秀頼殿、まだ出来ます、諦めてはいけません。あなたが生まれた使命を・・」
突然秀頼が淀に覆《おお》いかぶさる。腹に鋭い痛みを感じ秀頼を見る。秀頼の手には小刀が握られ、その刃先が自分の腹に刺さっているのを見て
「秀頼殿・・なぜ?・・」
「もうたくさんだ。もうやめてくれ。私は母上の人形ではない、母上の欲望を叶えるために生まれて来たのではない」

と表情も変えず淀に向かって話しかける。
「何を・・言っている・・のですか?」と苦しそうに言う淀に向かって
「楽に行かせてあげますよ・・」ともう一度淀の腹に刃を突き立てる。そして、今度は首を切る。
淀の血しぶきを浴びながら家康の方を振り返って
「徳川殿、母をお許しください」
と言ったとたんに同じ刀で自分の首を切る。
その姿をじっと見つめていた家康。
「秀頼殿、ご立派な最後にございます」と深く頭を下げ、そこにいる家臣達に向かって
「大坂城は落ちた。皆の者よくやった」と大きな声でねぎらう。
それを聞き、「おお〜」っと勝鬨《かちどき》を上げる家臣達の声が外にまで鳴り響いた。

燃え落ちていく大坂城を見上げながら
「もう鬼の面は脱いでもよろしいでしょうか?少々疲れました」
と誰に尋ねるわけでもなく独りつぶやく家康だった。

豊臣を滅ぼした家康に歯向かう大名はいなくなった。すべての大名を従えた徳川将軍家が作った江戸幕府は、家康が考え、二代将軍秀忠が実行し、それを固めていった三代将軍家光によってほぼ完成したのである。

エピローグ

私はさくや、私は今アリウス星雲からあなたに話しかけています。
聞こえているかしら?
こうして戦のない平和な江戸時代が始まったの。
人々は生き生きと暮らし、自由で独創的な美しい文化が花開いていった。

約束は守ったわよ・・信長君。

春の日差しが柔らかく差し込む東屋《あずまや》の椅子《いす》に座る信長(十五歳)、濃姫、竹千代(六歳)。

東屋のまわりには桜の花が満開に咲いている。

「俺は戦のない世の中を創りたい、縄文人のような世の中を創りたい。だから、権力の取り合いだけのために戦が繰り返されるような時代を終わらせる」

自分に言い聞かせるように
「俺は、天下を取る、濃姫」

「はい」

「母と離れ離れに暮らさなければいけない子どもがいない世の中、良いと思わないか？竹千代、お前にも一緒に手伝って欲しい」

竹千代、信長の目をしっかりと見て
「兄さま、私もそのような世の中で暮らしたいです」

「で、信長さま、どのようにして天下を取るのですか？」

「分からない」

「なんと、また」

「今から考えるよ」

その言葉を聞いて声を出して笑う濃姫、

その笑顔に嬉しくなって笑う竹千代。
ついつい自分もおかしくなって笑い出す信長。

「兄さま、出来ましたよ、戦のない世の中が・・」
「あぁ、出来たな・・竹千代」
「はい」
「よろしゅうございましたね、信長さま」
「濃姫、竹千代、秀吉、ねねさん、
光秀・・そして、さくや・・ありがとう」
「兄さま、まだ出来たばかりでございます」
「そうだな、これからは後の者に任せよう」
「そうでございますね」

完

出典・参考資料

「書籍」新・日本列島から日本人が消える日　　株式会社　破常識屋出版
「ウェブサイト」ウィキペディア　　ウィキメディア財団（アメリカ合衆国）

縄文を創った男たち

Profile

作家

さくやみなみ

この作品が、ライトノベルデビュー作になります。
食べることが生きること。美味しいものを食べたいがため、
毎食が真剣勝負です。

イラストレーター

みづ

この作品がプロデビュー作です。
睡眠をこよなく愛し、２次元と３次元の間にハマる類人猿。

@water_midu_

シリーズ14万部突破!!

新・日本列島から

上巻

下巻

下巻 縄文を創った男たち
～信長、秀吉、そして家康～

発行 2020年 4月10日 初版第1刷発行
2022年10月25日 第7刷発行

著 者 さくや みなみ

イラスト み づ

発行者 松下 惇
発行所 株式会社 破常識屋出版
https://www.ha-joshikiya.com
〒252-0804
神奈川県藤沢市湘南台 2-16-5 湘南台ビル2F

ブックデザイン 米川リョク
印刷 製本 中央精版印刷株式会社

ISBN 978-4-910000-03-9